Günter
Grass
✕
Haro
Zimmermann

启蒙的冒险：
君特·格拉斯对话录

Vom
Abenteuer
Der
Aufklärung
Werkstattgespräche

人民文学出版社　〔德〕**君特·格拉斯**　**哈罗·齐默尔曼**●著　周惠●译

著作权合同登记号 图字 01-2020-5876

Günter Grass Haro Zimmermann
VOM ABENTEUER DER AUFKLÄRUNG WERKSTATTGESPRÄCHE
Copyright © Steidl Verlag, Göttingen 2000
Chinese language edition arranged through
HERCULES Business & Culture GmbH, Germany
Simplified Chinese Copyright © People's Literature Publishing House 2022

图书在版编目(CIP)数据

启蒙的冒险:君特·格拉斯对话录/(德)君特·格拉斯,(德)哈罗·齐默尔曼著;周惠译. —北京:人民文学出版社,2022
ISBN 978-7-02-017111-8

Ⅰ.①启… Ⅱ.①君…②哈…③周… Ⅲ.①格拉斯(Grass, G. 1927—2015)—文学理论 Ⅳ.①I516.07

中国版本图书馆 CIP 数据核字(2022)第 059702 号

责任编辑	欧阳韬
装帧设计	刘 远
责任印制	任 祎

出版发行	人民文学出版社
社　　址	北京市朝内大街 166 号
邮政编码	100705
印　　刷	北京盛通印刷股份有限公司
经　　销	全国新华书店等
字　　数	149 千字
开　　本	880 毫米×1230 毫米　1/32
印　　张	5.875　插页 3
印　　数	1—3000
版　　次	2022 年 7 月北京第 1 版
印　　次	2022 年 7 月第 1 次印刷
书　　号	978-7-02-017111-8
定　　价	59.00 元

如有印装质量问题,请与本社图书销售中心调换。电话:010-65233595

目 录

前言 …………………………………………………………… 1

一　拒绝经典
　　——论美学与真实的获得 ………………………………… 1
二　理性的扭曲
　　——纳粹独裁与新毕得麦耶尔 …………………………… 22
三　罪与赎罪
　　——对德国存在领域的猜想 ……………………………… 43
四　反对左倾唯美主义
　　——赞美忧郁的启蒙 ……………………………………… 60
五　文明的躯体
　　——进入现代意义本质的童话之旅 ……………………… 92
六　未成年与世界末日
　　——叙述作为检验世界的表达方式 ……………………… 119
七　不统一的意义游戏
　　——一位诗人爱国者的苛求 ……………………………… 143
八　过去的真实
　　——关于未来与美好的集体精神 ………………………… 161

前　言

谈到格拉斯,我的脑海里便常常想起最近的两幅画面:一位所谓的大评论家用舆论传播者毁灭性的妄想在公众面前把格拉斯的小说《辽阔的原野》①撕成两半;格拉斯在法兰克福的保罗教堂因德国日益成为一个排外之地表达自己的羞愧之情。两幅画面,两种动机,一位在世界舆论关注下的知识分子,他是我们所处的时代一位最具争议、最重要的人物。两幅画面证明了目前环绕在作家格拉斯周围极为矛盾的磁场。他是唯一一位真赢得国际影响和尊重的德国作家;同时,在自己的国家,在"审美鉴赏工厂"的某些人眼中,他是一位不受欢迎的、极度怀疑舆论主权的捣乱者。实际上,我们文化机器的某些圈子几乎只把格拉斯视作一个重要的政治忏悔者。在这样一种主宰舆论的文学评论的控制下,语言艺术家格拉斯还不被人重视。使格拉斯在国际,尤其是在美国和西班牙语国家成为德语文学杰出代表的是他幽默、生动细腻、精湛的写作技巧,而这些对我们同时代的某些人来讲只是格拉斯额外的挑衅,如果说他们对此感兴趣的话。

君特·格拉斯在德国和全世界数以百万计的读者,他们的反应是多么的不同! 国际格拉斯研究者的观点也是多么的迥异! 如果我们看一下现在对格拉斯接受的深度和广度,就知道联邦德国

---

① 德国《明镜》周刊 1995 年第 34 期封面上,用了一张拼贴图。德国文学批评家,有"文学教皇"之称的马塞尔·赖希-拉尼茨基在图中愤怒地把君特·格拉斯的《辽阔的原野》一撕两半。

文学评论界的大咖们是怎样的与众不同,他们经过怎样的斟酌!尽管在德国有大量或长或短的采访,但迄今为止却缺少与集作家、艺术家与政论家于一身的君特·格拉斯具有启发性的公开讨论,这是我进行这次采访的一个理由。难道对格拉斯的研究,评论以及公开的讨论不应该回归到同他本人进行谈话吗?难道我们不应该把他毕生的作品作为我们目前分析的焦点,把他的文学作品作为战后历史的影子和他共同探讨吗?本书试图通过坦诚的、真实的对话对目前这位德国作家重要性的轻视与扭曲提出质疑。本书是1998年6月与8月之间在贝伦多夫进行的谈话,于1999年在不来梅广播电台以及其他电视台的节目中播出,这些谈话要归功于没有事先的导演安排,它们是在大胆地共同进行一场观点的游戏,是启蒙的冒险。

哈罗·齐默尔曼
1998年11月

一　拒绝经典

——论美学与真实的获得

齐:格拉斯先生,您从事了四十个春秋的艺术工作,您是画家、雕塑家、版画家,首先是作家。在这四十年里您在联邦德国的思想领域留下了深深的印记。如果没有您,那这个国家在文化、政治与文学方面将是另外的样子。尽管这样,但在文学领域,您在德国却没有找到继承者。为什么会这样呢?

格:这可把我问倒了。我的确不知道。也许我可以用约翰·欧文(John Irving)和萨尔曼·拉什迪(Salman Rushdie)这两个例子来说明问题。两人都在杂文中,后来在私下的交谈中直言不讳地说:《铁皮鼓》与《狗年月》对他们这样的年轻人不只是一种阅读体验,而且他们在阅读这两本书后还说,就要这样来处理真实。两人都自称是我的学生,都创作了非常优秀的、独创性的作品。在德语地区有一些作家的风格与我类似,但他们停留在模仿上,他们毫无创造性地照搬、甚至剽窃我的作品。我不想在此提他们的名字,不值得这样做。

如果说我的叙述方式没有在德国,而是在德国以外的地方引起了共鸣,这当然令我非常欣慰。在拉丁美洲作家的作品中也能找到与我的作品的契合点。因为这些作家对这种处理真实的方式很感兴趣:也就是扩大真实,将全部的幻想,童话般的东西乃至神话融入真实。另外,与这些同人长谈之后我发现,我们大家拥有共同的传统。这要追溯到流浪汉小说,追溯到伟大的西班牙人与摩尔人的叙述传统。这一点我们必须总要提到,因为这一切绝非只是欧洲的独创。

如果我们仔细阅读塞万提斯的作品就会发现：他的作品，甚至作品内的暗示无不得益于他的摩洛哥之行以及他在摩洛哥的囚徒生涯；我们也会发现，他是怎样继承了东方国家的叙述方式并将其发扬光大的。德语作家当然从巴洛克作家的好奇心中获益匪浅，尽管当时的三十年战争，这些作家仍知道来自西班牙的新东西。格里美豪森（Grimmelshausen）不仅谙熟塞万提斯，而且也知道塞万提斯的前辈。他不仅熟悉流浪汉这个人物，甚至对其变种流浪女尤斯蒂娜（Jusitina）也很熟悉，这些在格里美豪森的作品中以女流浪汉的勇气表现出来。这就是欧洲文学史，它一直存在，可后来随着我们民族主义的孤立而丢失了。今天我们应该有机会创造一个欧洲文化的概念。如果我们要找例子的话，那流浪汉小说一开始就打破了国界，栖居于各国语言中，尽管形式不同，但我们仍能窥见其源头。

齐：您的作品在德国常常遭到评论界片面的、消极的评价。毫无疑问，这种批评带来的影响在德国是不可低估的。德国文学评论界表现出一种特殊的综合征，也就是一种迟到的传统综合征，这样，他们面对一位集政治热情与艺术独立为一体的格拉斯而不知所措。可能会是这样吗？

格：您的问题诱使我去谈德国文学批评的来源与发展，尽管我觉得我不是特别适合来回答这个问题，因为我对某些领域缺乏了解。德国文学批评产生于古典主义晚期和浪漫主义时期。当时，一方面有法恩哈根·封·恩泽（Varnhagen von Ense），他是一位杰出的文学评论家，他的著作我至今仍百读不厌；另一方面有夸张的施莱格尔（Schlegel）兄弟，他俩才华横溢，但也有点狂妄，当然他们有资格这样做，而他们的模仿者们却不应该如此自大，这俩兄弟认为，批评是一种新的艺术形式。这种误解流传至今，在卢卡奇（Lukacs）的某些袖珍本中可以找到，甚至在电视媒体中蔓延。他们断言：德国作家不再有叙述的能力了。公开提出相反证据是徒劳的。我可以随口报出一批作家,他们都是很出色的叙述者。而他们都遭到冷遇,不被人注意,因为他们不符合这些特权评论家内部对话的标准。人们对某种判断达成一致,然后去维护它。当最近有人以新自由主义的形式用这样的标准句向我们兜售资本主义的时候,类似的情形也发生在经济领域。这与正统的马克思主义者或者狂热的天主教徒有相似之处,有些东西对他们来讲是神圣不可侵犯的,诸如玛利亚圣洁怀孕或者德国作家不再有叙述能力的断言。这些陈词滥调显然很喜欢被媒体利用,正因为媒体一如既往地具有某种娱乐的价值。作家们对此几乎无可奈何。如果读者在这一片混乱中要找到头绪的话,那他就必须摆脱错误信息。必要的时候读者要自己把握方向,这是我,也是其他作家的经验。

齐:当然,模仿您这样的作家实非易事。您至今仍以一种独特的方式坚持将政治与文学要求联系在一起。您在这方面独树一帜,而其他作家在政治领域稍稍驻足之后便旋即回到了纯净的文学伊甸园。这是否关系到一种适应过程——我们在德国总有这样的过程,就您的情况来讲,这种过程是否恰恰阻碍了传统的继承?

格:也许是因为我竭尽全力使自己不要过早地成为经典作家,我并不是有意为之。前提是,不断有新的开始,对要处理的项目再次感到惊奇。你必须完全沉浸在你面前的一堆素材中,这些素材也决定了作家。只有这样,这些素材才会把他带入完全不同的经历。如果这也能学到的话,那我是从我的老师阿尔弗雷德·德布林(Alfred Döblin)那儿学的。或者说是受他的启发。他令人难以置信的作品至今在德国仍不受欢迎。在我的心目中,他与托马斯·曼或者布莱希特具有同等的地位,我的看法并无损于这两位作家。

但德布林是怎样被接受的呢?除了《柏林,亚历山大广场》之外,他的其他作品几乎不为人所知。谁曾研究过《山、海与巨人》?这部作品是对未来的描述独一无二。他的第一部小说《王伦三跳》

就不用说了。他是第一次世界大战前写的这部作品,当时还不到三十岁。这部作品非常大胆,大步跨进当时刚开始的世纪,巍然独立于任何所有的文学潮流之外。从叙事角度、情节的同时性、叙事主体——移动的群众来看,当时没有任何作家能与他匹敌。人们试图把这部作品关进"未来主义"的囚笼之中,但《王伦三跳》与马里内蒂(Marinett)特色的,具有法西斯主义倾向的未来主义没有任何关系,德布林的《柏林,亚历山大广场》则受到了他人的影响。与多斯·帕索斯(Dos Passos)的《曼哈顿中转》一样,如果没有詹姆斯·乔伊斯,他是写不出这部伟大的著作的。但《王伦三跳》却指明了叙述的新思路。就我的散文创作而言,我也许从他的这部小说中学到的东西要比他的其他作品多。

齐:您总在不断重新开始。您不愿成为无创造性的经典作家。您也绝对没有成为这样一位作家。另一方面,您却一如既往地保持自己的政治特色……

格:这应该另当别论。原因是这样的:我在战争结束的时候十七岁,但同时我感觉自己很老了。我曾是希特勒青年团成员,我并不是一个虔诚的教徒,我不相信所有的东西,但到最后我都相信会出现奇迹。当时,我觉得我的立场是正确的,然后世界崩溃了——是一点点崩溃的,而不是一夜之间。战后的头几年我开始弥补失去的东西。结果是我如饥似渴地阅读。因为我十五岁就辍学了,我不得不靠自学来提高自己的文化修养,我读的东西很杂,毫无系统性,但阅读量却很大。

在获取文学知识的同时,有个问题不断萦绕在我的脑海里,至今仍挥之不去,那就是:在德国为什么会出现这样的灾难?我认为,野蛮的纳粹的根源是因为魏玛共和国错失第一次出现的民主良机,我在此不想追溯到宗教改革。德国人在19世纪为这一良机经过了长期的斗争。我曾认为,当时对魏玛共和国失败原因的解释过于简单。

反正五十年代又把纳粹妖魔化了：某些躲在暗处的黑衫队成员蛊惑了可怜的德意志人民。我青年时代的亲身体验告诉我，这种解释是不正确的。

就这样形成了我和民主间的联系，这种联系在政治上是以民主社会主义为方向的，因为民主与社会主义是相互制约的。按照新自由主义的观点建立、并只为新自由主义服务的民主尽管从外表看是民主的，但从中却发展不出社会公正。相反，我们在这个世纪也认识到，以阶级需求为纲，对自19世纪以来人们就为之奋斗的自由权利，如言论自由弃之不顾的社会主义或者共产主义也必然注定会失败。与其他人一起，也在其他人的指引下，我学到了第三条道路，几十年来，这条道路在我的思想中稳定地发展，实际上还未出现过断层。

齐：与您同时代的其他作家却不是这样。我想从您的坚持说起，这种坚持使年轻的作家们很难效仿您。请允许我以恩岑斯贝格（Enzensberg）和瓦尔泽（Walser）为例，这两位作家早就不"宏大叙事"了。他们早就不再纲领性地谈论民主社会主义了。对他们而言，像互助与社会公正这样的口号只对公共宣传有意义，但这不再是他们写作的动力。我认为，他们两位的作品中"只"有美学的光环。

格：您将恩岑斯贝格和瓦尔泽相提并论。我是在四七社认识他们的，我只能说，他们完全不同。恩岑斯贝格以前尽量使自己不受任何束缚，当然，他现在仍然如此。对被束缚的担心也许促使他不参与任何特别的事务。这样，他就会轻而易举地从某个意想不到的角落脱颖而出，例如，用他自己的方式向我们解释海湾战争，我觉得有些荒诞。然后他写了一本妙不可言的游记，如《啊，欧罗巴》，我认为，这是他创作的巅峰。当时他在《行车时刻表》①都表达了些什么呀！我觉得非常好笑，因为我看到了杂志幕后的恩岑斯贝格，他去了古

---

① 恩岑斯贝格参与创办的杂志。（本书注释皆为译者注，不再一一标明。）

巴,结果大失所望,因为他在拉丁美洲文学与文化的巅峰没有找到超然于世的共产主义。失望与震惊使他开始厌弃古巴,我差点就要去庇护古巴人了。如他很愤怒,因为古巴小地方的党政办公室看起来跟前民主德国的一样。他曾报什么样的期望呢?这些外在的美学评价让我觉得好笑。但总的来看,不管人们把他看作是某种特定类型的,还是最新潮的,或者落伍的作家,对他都是不公正的。

而瓦尔泽则不同。我眼中的马丁·瓦尔泽是一位杰出的、好争论的人,他原则上总要持与别人不同的观点。他的文学偏好也是这样,总在不断变化:先是卡夫卡,然后是普鲁斯特,其他作家都不重要。他现在长期受托马斯·曼的影响,尽管他不愿向自己,也不愿向我们承认,他从托马斯·曼那儿学到了多少东西。他的讽刺手法酷似托马斯·曼惯用的讽刺方式。我把瓦尔泽看作一位开明的保守主义者,他总试图逃离博登湖地区,这使他开始接近德国共产党。纪尧姆事件闹得沸沸扬扬后,他给艾里希·昂纳克写了一封感人的信,疏远共产党。他不曾料到,像民主德国这样反常的社会主义竟敢在它的头号大敌——社会民主党——的最高决策机构安插间谍。总之,他写了这封信,认识到自己从博登湖地区走上了错误的方向。此后,他长年只关注他的小乡村,几乎不或者很少发表有关德国,这个分裂的国家的言论,这一点我完全可以理解,但这始终是我关注的主题。某一天,他突然用"民族感情"这个表达让我们大吃一惊。这就是说,他不愿跟民族意识有任何关系,而我可能有这样的意识。不过,这一点还需要跟瓦尔泽商榷。

我现在重复您的错误,把两人相提并论,近几年来,如果瓦尔泽和恩岑斯贝格放弃这种或者那种观点,提出让我们讶异的新观点的时候,马上就有人怀疑他们至少在第二句话就有法西斯主义倾向。我则不这么认为。

齐:另一方面,您的一生以及您的作品具有稳定性和连续性,德国人为此当然要感谢您,只要他们曾经或现在是您的读者的话。与其他作家相比,您在德国拥有更大的读者群。您跟读者的关系是怎样的?他们跟您联系吗?您获得了怎样的反馈?

格:读者来信是最让我开心的事。有时,我从中的确得到了一些回报。读者来信首先并非通篇都是愿望与建议,让我参加某个评审团,或者担任主席,或者以我的名义做这做那。令人欣慰的是,读者来信不限于我刚出版的书,读者也不限于某个年龄段。给我写信的有具有多年阅读经验的年长的读者,也有少男少女,比如,他们说,他们正在读《狗年月》,或者突然开始读《局部麻醉》,从这本书中他们知道了1967年/1968年的气氛,这本书被当时的评论界批得体无完肤。这些来信我都会仔细、愉快地阅读。

齐:当然也有专业的读者、学者与评论家。我发现,您的作品在学术界得到了更多的认可,您的文学创作动机成了研究对象,您作品的深度与广度被人认识到。而您的作品在评论界却总被歪曲。您能谈谈您对这两种态度的看法吗?如,您怎样看多种多样的、世界性的格拉斯研究?

格:以我最近出版的小说《辽阔的原野》为例。不管是国内,还是国外的大学都有一大批关于我的研究,他们的研究对象几乎都集中在这本小说。他们发掘出了某些东西,一些人目的明确地研究某一个方面,一些人则研究叙述的模式,对时间的处理,叙述的角度,在这本书中,叙述的角度是多元的——是档案在叙述。不管这些研究的质量怎样——对此我无法很准确地判断,他们都在很严肃认真地作研究。

有趣的是,学术界与评论界之间毫无交流,这主要针对我作品的学术研究来看,也许涉及其他作家的作品。这儿有一道顽固的漠视的鸿沟。评论界对学术界的研究成果置之不理。如果一本书出版后,对此书的评论必须尽快作为第一、第二或者第三篇书评刊登在报刊上的话，那评论家们就速战速决，这也是评论的本质。几乎没有一个评论家会用学术界的研究来修正自己的观点，他们甚至认为这是不可能的事。学术论文的发表自然要晚一些，但我们仍然可以利用这些研究成果。我认为，联邦德国评论界如此糟糕的主要原因是，他们自己很蠢，他们不愿学习学术界用不同的研究方式取得的成果，更不愿让这些成果影响他们对作品作出的快速反应，这种快速反应肯定是很棘手的。这听起来有些以偏概全了。我可以列举出很多一贯严肃工作的评论家，但只是那些声音更大的人影响更大而已。

齐：您现在在国内外都拥有很多读者。您确切地知道您的作品在全世界的发行量吗？可以估计出来吗？

格：对此我并不知道。随着时间的流逝，我喜惧参半地发现，作品是怎样离开作者独成一体的。当然，首先是从自己的国家开始的：精装本、袖珍本之后是书友会版本，然后是译本，在国外又出现书友会版本、袖珍本，也有迟到的《铁皮鼓》的译本，如在印度。这仿佛是一场规模空前的音乐会，这些情况我是从与出版社的结算中获悉的。偶尔有人说，我的作品在全世界的发行量大约是1000万至1200万册。但确切的数字我不清楚。

齐：如果您能判断的话，您对您作品的译本满意吗？您曾经提到过，翻译可能"削弱"了您作品的表现力。如果您说，译本要在内容以及美学方面体现您在书中所表现的东西，这一要求能得到保证吗？如在印度。

格：不能。我能对英译本作出评价，但对罗曼语的译本我就爱莫能助了。就第一批译著而言，我发现了一些错误，或者有人向我指出了错误。如斯德哥尔摩的一个日耳曼语言文学学者对《铁皮鼓》的瑞典语译本进行了研究。瑞典语版的《铁皮鼓》与我的原文一样厚。

这位学者对错误和不准确的译文列了一张清单。之后对瑞典语进行了重译。

我对此心生一计，我对自己的计策颇为自豪。当我完成《比目鱼》的手稿后——我总是完成手稿后再与出版商签合同，这样我就可以很有把握地跟他们谈判。我便对我当时的出版商，卢希特汉德（Luchterhand）出版社的爱德华·赖弗谢德（Eduard Reifferscheid）先生施加压力。我对他说，只有当您与译本版权购买者安排并资助作者与译者的见面会，我才把这本书给你。只有这样才能提高译文的质量。不准确的译文总混在译著里，如果要堵住错误的源头，我们就得先采取措施。否则之后只有错误和纰漏的一张张清单。出版商嘟嘟囔囔地同意了，与译者见面写进了合同。

后来，赖弗谢德的所作所为让人觉得这个主意仿佛是他想出来的。因为人们当然可以看到，这样的安排不仅受到译者的欢迎，版权的购买商们也很感激地参与进来。继《比目鱼》之后，我一直这样做。我觉得很遗憾的是，其他作家并没有效仿我的做法。好吧，我有时跟十五位译者同席而坐，不过与两三位译者见面也是很有意义的。尽管每次与译者见面我都觉得很累，但对我却是有益的补充。因为没有人比译者更了解我的作品。他们有时提出一些让作者很难堪的问题，使作者措手不及，这样做是对的。我从中发现，不仅作者与译者的交流，而且不同语言组之间和某个语言组内部的交流，如来自斯堪的纳维亚语系、日耳曼语系和罗曼语系的译者的交流，都让人获益匪浅。在《辽阔的原野》的见面会中，第一次有三位斯拉夫语系的译者参加。译者之间相互提问，相互提出建议，他们相互之间的交往，这些都很有启发性。译者一般都很拘谨，他们几乎不被公众注意，因此他们常常缺乏自信。如果我通过见面会的方式还同时能增强他们的自信的话，我将会感到非常高兴。

齐：让我们再次从译者回到创作中心——作者。作家必须有好奇心，敏感，反应灵活，处处留心，能洞察到新的、将出现的、未被认识的以及未知的东西。像您这样的作家怎样保持知识分子的活力呢？新的主题从何而来？有哪些要求，也包括理论与学术方面的要求？

格：我是一个很好奇的人，这对我肯定大有裨益。我不仅对过去，也对未来很好奇。此外，我本身也是一个幸运儿，我自己有六个孩子，我太太又带来了两个，也就是说我有八个孩子，孙子越来越多，我总在与不同的几代人交谈。不管我愿不愿意，与孙子们的谈话总把我带入一个未知的新天地，我必须去面对它，这也对我的创作产生了影响。

齐：这样就逐渐形成了您的观点……

格：我认为首先是经验，与后代交往的经验。观点是后来才有的……

齐：怎样才能使自己的观点以及个人的经验不枯竭？马丁·瓦尔泽用过一个很有意思的词，他曾经说，对作家来讲，观点就像短路。我想，他的话不无道理。因为感知与经验会很快凝固，被堵塞。怎样设想保持感知与经验畅通的这一过程？怎样才能洞察自己僵化的风格、陈词滥调、偏见与错误的判断呢？

格：用先入为主的观点去开始写作是写不出东西来的。这样的话，我很快就会觉得无聊。我难以想象，花四五年的时间去解释那些自认为早已知道了的东西。这纯粹是一种自我认证，是与文学相对立的。也就是说，在我的写作过程中，我总在跟我虚构的人物进行辩论，假如我有先入为主的观点的话，那他就会表示反对，并对此进行反抗。

我在写奥斯卡·马策拉特（Oskar Matzerath）这个人物的时候，出现了真正的写作障碍，当我要求他做自己不愿做的事的时候，他的反抗是如此激烈。如,他不想要妹妹,并知道去阻止。好吧,作为作者我对他让步了,我把他的妹妹图拉·波克里弗克(Tulla Pokriefke)放在了《猫与鼠》与《狗年月》中。这仅仅是一个例子。直到现在的手稿写作中依然存在这种作者与他虚构的人物间奇妙的相互作用的游戏,引导虚构的人物以及被他引导。在写作过程中,我一再出现一种让我感到吃惊的感觉,好像我在做其他人早就负责安排好了的事,其他人也就是我虚构的人物。如果不想让写作成为对命令的执行的话,那作者就应该坦诚面对这样的影响,因为否则写出的书就是事先确定好的观点以及证明这些观点的长篇大论。

齐:我时有发现,您仿佛很认真地把您小说中的人物看作自己的伙伴或者与您对抗的伙伴。这些人物和您一起讲述自己的故事,也讲故事反对作者。您偶尔给您的人物画像吗?您眼前浮现的这些形象必须有特定的外貌特征吗?

格:在许多手稿中都有我对艺术造型和周围环境的素描,或者是在第一手稿旁边的纸上,或者是在无字样书中,我想让他们很清晰地仿佛就在我眼前。直接对人物画肖像画对我来说则又是一种先入为主的表现方式,对他们外貌的确定也是这样。怎样面对所谓的反面人物,这一点比较困难。显然,他们对作品的说服力以及引起的反思是很重要的,我们无论如何不能把他们看作陪衬而不对他们进行深入的研究,去鄙视和忽视他们。我一向都这么认为,如在我的上部小说《辽阔的原野》中,我不得不潜入霍夫塔尔(Hoftall)这个人物中,目的是揭露他关爱原则的危险性。评论界常常完全错误地理解这一点。没有比把一个国家安全局的人描述成身穿皮大衣,面目狰狞,痴呆,仿佛他们身上只有残忍这样更容易、更简明扼要的了。这样就轻视了民主德国体制的真实状况。这种体制其实更危险,更具有多样性。在同事面前,在其他人面前,他的行为总让人觉得,有人在关心我,尽管他有点夸张,但他在关心我。我不愿要这样的关心,但他总要这样做,有时候他也的确在帮助我。然后,人们看透他的目的。这种体制的诱惑性让我着迷。但要去描述它有一个前提,那就是,我要跟霍夫塔尔这个家伙打交道。

齐:您是自六十年代以来就对媒体对文学和日常生活、对文化与舆论形成的影响进行思考的德国作家之一,例如,在您的小说《局部麻醉》中。艺术作品在这样一个混乱的社会——语言表达显得苍白无力,经验泛滥,被扭曲——还能产生什么影响,您仍在思考这个问题吗?我想,只有这样您才知道,在与无处不在的、吞噬经验的媒体的竞争中,究竟什么才是文学原本的功能?面对泛滥的、被技术化的信息与图像,面对一个什么都有、又什么都没有的靠闲聊度日的舆论社会,作为传统的纯文学作家,您的优势何在呢?

格:我认为,根据我的经验,文学比所有的新媒体都要强大。其优势在于,它能让人去理解媒体,如收音机的重要性,我是从《铁皮鼓》开始这样做的,《狗年月》与之相似。大众化的收音机成了真实的一部分,它是一个很珍贵的东西,它突然就出现了。领袖①的声音来到平民百姓的屋子里,一切都在改变。尽管家具还在老地方,但领袖突然出现了。而在《狗年月》中,我把电视放进了叙述的角度。

这是文学可以提供的,与之相反,媒体显然不能撇开自己。广播电台在一些越来越短小、在夜里播放的节目中,还算成功的。而电视台则有意把一切都为傻瓜而做,这是对观众永远的侮辱,因为他们低估了观众。他们缺少一种苛求,首先是这样一种能使他们去理解最新的媒体与像文学一样依然存在的旧媒体间共同传统的苛求。

这一切都要回归到只有人类才会的东西:讲述、交谈、倾诉、争论。口头流传的东西某一天突然成了文字形式的文学作品,用陶土板由勤奋的僧侣记录下来等等。但流传范围却很有限。然后出现了

---

① 指希特勒。

新的媒介:古登堡的活字印刷术。新媒体出现的时间间隔越来越短,但文学却没有被它们破坏,文学比它们更强大。

当然,新媒体也有启发性,如我在《局部麻醉》与《辽阔的原野》中使用的收音机或电视机。比如,当冯提(Fonty)的妻子购买了一台能收看西部德国电视节目的电视机,海湾战争进入房间的时候。我觉得电脑系统的绝对化让人难以接受,也许是我个人的原因,我不愿把我的保留态度普遍化,但我从电脑几乎得不到什么帮助。它很快就给我完成一篇很干净的稿子,它诱使我,在这儿或者那儿插入词来弥补缺失的灵感,这样就出现了看起来好像不错的作品,但其实不然。我更愿意只把电脑看作是我并不需要的辅助工具,因为我有别的可能来放慢写作过程,这总比加快这一过程更有益,例如我通过画素描来暂时离开我的作品,然后再重新回到整个作品的创作中。也许在科研领域,电脑的储存功能是很有裨益的,但对创造性的写作过程来讲,它对我并不是必须的。

齐:这就是说,您将来仍一如既往地期望书、文学能培养勤于思考的读者,能塑造心灵,提高文化修养?

格:是的,但您塑造心灵的表达让我觉得太轻松了。书也必须是对读者的一种苛求。如果我通过多次写作过程完成一部小说,那就不再需要对它字斟句酌,它就不再有随意性,不再有用电脑系统可以随意更换的成分。我可以苛求读者,去忍受作品深入的叙述,在叙述某些东西的时候比在导演的安排下电视镜头所需的时间要多,就更不用说那些新的电脑系统与模拟系统了,在这些系统中画面不断切换,继而被删除。被作者放慢的、被深入描写的图像给人留下的印象最深刻,如,让读者去感知冯提的书桌、他的房间直至布满灰尘的角落。

齐:我们现在谈谈当代文学。有一批很年轻的作家,他们的经历与您完全不同,跟您完全不在一个层次上,他们也许才刚刚进入而立之年。如果您有时间的话,您会去注意这些作家及其作品吗?如果是的话,那他们对您来说是对您经验的补充吗?

格:通过我创办的阿尔弗雷德·德布林(Alfred Döblin)奖我每两年有一次机会参加颁奖典礼,并参加颁奖仪式后作者们的朗诵会,这些朗诵者都是经过严格挑选出的优胜者。四七社有部分工作就是介绍其他作家的工作,我对四七社今天仍很感激。有一种倾向从七十年代开始出现,之后越来越严重,那就是,年轻的作家们认为自己的经历很有意思。如果他们有天赋的话,那这也算有某种说服力,但他们的能力也常常仅限于此。我认为,他们走的这条路是错误的。

其他一些作家显然与他们不同。如不久前,我读了克拉斯·惠清(Klaas Huizing)的作品《自在之物》,这是一部关于康德和他的仆人的书,仆人踏上了前往当时宣扬启蒙的研究者的旅途。这是一本很富表现力的流浪汉小说,写得非常精彩,读起来很轻松愉快,里面没有一点自传体的色彩,但却泄露了很多关于作者的情况。我也很喜欢阅读斯顿·纳多尼(Sten Nadony)的《发现缓慢》(*Die Entdeckung der Langsamkeit*),这本书永不会过时,它清楚地说明了,一个年轻的作者在不放弃自我的前提下怎样把自己置身于历史,但又能使我们以现在的视角去经历他。像这样成功的作品我还能列举出一大批。

齐:您觉得1989年以来的德国历史或者说世界史已经走进了最近和最新的文学作品中吗?我们有像《辽阔的原野》那样成功地、充满好奇地、给读者留下很多空间地去解释时代的作品吗?

格:在德语地区最有意思的作品来自新联邦州,因为1989年以来在那儿发生了、并正在发生一些事情,这些事改变着社会阶层,导致社会的断层和失落,带来了巨大的失望,致使在民主德国地区出现一种长期被压制而慢慢积聚的有时候是右倾的情感。这些都反映在文学作品中。我期待着从这个地区出现大量这样的作品,现在已经有了一些。

至于西部德国,我总觉得很奇怪的是,反映很重要的年代的文学作品是如此之少,如年轻人在联邦军队里服兵役或者服民役而度过的岁月。很多题材都被忽略了。如文学作品对1968年这一代人的描写也是不够的,他们试图去感知社会,他们对社会的改变要比那些有其他目标的上层人物多得多。

并不缺少题材。那些有一段时间在报纸的文艺副刊中充斥一时的诸如"历史的终结"这样愚蠢的空话每天都难以自圆其说。我们媒体在屋子里单靠新闻得到的消息是:我们正处在一个三大势力瘫痪的时代。中国正在经历规模空前的自然灾难,结果怎样我们还无法预测;俄罗斯在卢布贬值后,每况愈下,无人能预测其发展方向;在美国,莱温斯基丑闻只证明了一种认知,那就是资本主义来源于清教主义,其实这连一出床上戏都谈不上,他们必须站着或者在书桌上做。这样,剩下的唯一一个超级大国也瘫痪了。它在政治舞台,正如乌韦·约翰逊(Uwe Johnson)所说,无法再从容应对。任何人都知道,经数百次的证明后,像在苏丹和阿富汗的反恐行动根本无法制止恐怖主义。就伊斯兰教以及许多不同的思潮而言,知识渊博的顾问很可能要有效得多。白宫有能力的调停人要比临时的反恐导弹有用。我只是把这些作为例子来说明,还根本不能预见历史的终结。

齐:也就是说,文学作品一如既往地有很多题材可写。也许在教育任务,或者说文学在道德方面的意义有一点不同,我的问题是:文学怎样有目的性地或者说必须去传达教育意义?美学还与老的说法"寓教于乐"有关系吗?如果是这样,那今天美学的道德意义何在呢?或者说这种观念已经不再有意义了?

格:那前提是,我们先得讨论,什么是或者什么应该是"美"或者"美学"。

齐:让我们以格拉斯小说为例来分析它的美学形象。您的小说有教育意义,并不是因为它在说教,而是因为它完全在展示一种很吸引人的、内容丰富的感官与思想的游戏。

格:很多我觉得"美"的东西,许多人则觉得恶心和丑陋。老了不中用的人是非常美的,这种美还有待我们去发现,去描写。而那些人为制造出来的美则很无趣,令人厌恶。

齐:美学与品味,与媚俗的"美"是两码事。它是描写一种被塑造的形式,例如,这种形式可以用一种游戏或风趣的方式让人获得认知。

格:我们认为,文学很早、很简单的形式,如童话,在美学上是美的,尽管我们看不出它有任何艺术创造的意图。但同时,它又有时直接,有时迂回地向我们讲述真理,教诲我们。如果这两方面协调得很好的话,那就是和谐的。在德国我们愚蠢地争论形式与内容,据我所知,没有一个国家像德国一样有如此激烈的争论。它们大多时候对我而言就是一堆启发我的素材。对这些素材的初次分析,让自己去接近它们的尝试,就是一种对美学的接近。怎样让它们发出声音,怎样让它们说话,怎样赋予它们一种形式,这些都是相互制约的,因此我无法理解这种争论。把两者对立的争论让我厌烦。认知与命名不需要评论。但我们对有些情况却不能熟视无睹,如当政治思潮与社会矛盾激烈碰撞,正义与非正义的立场很艰难地、矛盾重重地表现出来的时候。应该强调的是,道德不应该被强加上去,而应该从已经发生的或者正在发生的事件中,或者从对某个事件的调查分析后得出结论。

齐:比如说,您的美学是一种对世界的确证,它很可能基于能感知的、能触摸到的东西,但继而又走向一条复杂的写作道路,通往如某种真实,通往一种认识世界的尝试。《铁皮鼓》是这样,您后来的小说基本上也是这样。您的美学是一种研究性的,一种对概念、经验与舆论敞开的,一种讨论性的,相对的,悬而未决的。这对我来讲就是美学,尤其是您在一种风格多变的写作的芬芳中去展开这一切的时候。

格: 我们一开始谈到了我的孙子们。现在跟他们在一起,让我想起我跟我的孩子们在一起的时候。我总是惊叹,当孩子们开始说话的时候,他们是怎样去发现离他们最近的周围的世界,是怎样去寻找词语去称呼它们,是怎样奇妙地去发现事物间的联系,是怎样看见那些我不再看见的东西,他们让我去注意这些东西,而不牵着我的手。和我的孙子们在一起的时候,我也成了一个发现者,这对我是非常有益的补充。春天的时候,走到厨房门口去观察一根树枝,看树枝是怎样有机地从另一根里生长出来,这就是一位艺术家的特征,我这儿谈的不仅是作家。迷惘的时候,大自然总比我们能想出更多的形式与惊喜。尤其是当我们有独立的、非常突出的想象的时候,值得把我们的想象力总置于千姿百态的大自然中。我一如既往地保留了孩童般的视角、惊讶的能力,尽管这种能力可能在下降。

齐: 您所说的不也恰恰描述了一些您艺术种类的发展过程吗?最先是雕塑和美术,从素描到诗歌再到散文,也就是从可以触摸的,对直接的、一目了然的东西的感知出发,而对其分枝以及真实的获得是从庞大的叙事工具开始的。这难道不是您作品发展的一种内在逻辑吗?

格: 但也总是一种回归,不是回到黑格尔,而是我写作的开始——诗歌。在版画领域也有类似的回归。当我长期从事版画,并发现有某种矫揉造作的东西悄悄潜入的时候,我便回到铅笔画或木炭画,或者我又重新开始水彩画,在二十五年的间歇之后对我来说是一种幸事。这些事不会使我无聊,尽管我做了不少让自己无聊的事。

齐:我们曾谈到,文学是获得认知,是获取真实的一种形式。格拉斯先生,写作危机在20世纪并不是新鲜事。有过内容丰富的理论讨论。从霍夫曼斯塔尔、里尔克、乔伊斯到德布林和其他作家,他们都在文学领域留下了非常重要的美学证明。人们常常谈到稳定感知的瓦解、第一人称叙述手法,即所有个人经验的解体。如果我去看《铁皮鼓》的叙事结构的话——《风信鸡的优点》也是这样,只是表现方式与风格不同,我就会惊讶地发现,您对写作现代危机现象很早,而且很细腻地作出了反应。这从何而来?可能来自您在造型艺术领域的艺术工作吗?

格:我要想想。您看,战争结束时,我十七八岁,我对一点是确信无疑的,那就是:我要成为一个艺术家。这个愿望向造型艺术发展,但我已经开始写作,但只是模仿。素描也完全是在摸索阶段。之后,我碰到了我同时代的许多人,尤其是在德国与我同代的人碰到的事。由于民族社会主义分子的禁止,我们的艺术—美学发展被迫中断。现在突然一切又都有了,看得见,摸得着,而且各种层面的都有。该有的都有了,该做的都有人做了。尽管去阅读别人写了什么比去看别人做了什么雕塑要慢,但在文学领域也是该写的都有人写了。尽管这样,我认为,我必须说点什么,必须讲点什么,必须写点什么。

也许我受到的手工培训和实践性很强的石匠与石像雕塑的教育诱发了我身上的某种东西。作为学艺术的学生,我跟老师的关系也总是很密切:一开始是我在杜塞尔多夫第一学期碰到的老师,第二学年我便自己找了一位老师,他叫奥托·潘科克(Otto Pankok),在柏林先是卡尔·哈通(Karl Hartung),然后是路德维希·加布里尔·施勒伯(Ludwig Gabriel Schriebe),我跟他交往不错。我跟师傅们总保持着良好的关系,这是想学到点东西的前提。与此相应,我在做手工活的时候总有好的心境,我游戏般地进行尝试。在写作方面,我开始逐步摆脱特拉克尔(Trakel)和林格尔纳茨(Ringelnatz)奇怪的混合，我在此仅以他们俩为例。

从杜塞尔多夫搬到柏林的时候，我二十五岁，我突然从一个开始经济奇迹的国家被直接扔到了战后的柏林。我的第一批作品诞生了，我可以对自己说，这是你自己的东西。之后有了独幕剧，也是以游戏的方式完成的。在纯艺术的习作中——但完全是我自己的作品——我总要绕开一个题材，它像一个怪物一样，有鹅卵石做的舌头，无时无刻不出现在我身边。我像跳舞那样去避开它。有趣的是，这时对我产生很大影响的不是师傅，而是一位来自四七社的同事：保罗·莎吕克(Paul Schallück)。他总在作家伯尔的阴影中，但却是一位非常优秀的作家。我去科隆拜访他，告诉他，我有素材，它与但泽、与我孩提时代的经历有关，但这并不意味着是我的自传，而是要针对"昏暗"的德国战后黎明的景象。莎吕克对我说，你一定要写，你不能回避这个题材。你是有天赋的，你在我们四七社已经多次证明了你的天赋，有时是你的剧本，有时是诗歌，或者短小的散文。现在你必须认真对待。他给了我很大的鼓舞。当时仅有一点钱就去巴黎并非易事。但我开始了我的旅程并找到了自己的风格，可以毫不隐讳地说，这为我今后的创作打下了基础。

齐：这样也开始了游戏……

格：是的，随着岁月的流逝逐渐形成了我后来称之为"过去现在未来"融为一体的东西：写作的发现与写作的经验，我们是怎样被时间顺序束缚，必要时挣脱这一束缚，但又不只是单纯地倒叙，而是很清楚地让过去在现在中出现，让未来提前进入现在，这又是多么的美妙。

齐：这与您让自己成为作品中一个人物形象的写作手法有内在联系吗？您在用第一人称的时候，是否也让自己成为作品中的一个人物形象呢？或者您至少在尝试这种表现手法的多种可能？您让自己成为作品中的一个人物形象的尝试是否比自传体的叙述方式要多呢？

格：我根本写不了自传，因为我立刻就会陷入文学的谎言。我把"我"带入游戏，我意识到，我此时此刻如在《比目鱼》中要成为一个虚构的角色。这也正是其魅力所在。如果作者像考尔特纳（Kortner）那样有丰富的逸闻趣事和丰富的观察力的话，那他创作的自传就会很美，也很重要。这样的书我很喜欢看。它们并没有强迫我去检查书中的内容是否是真实的。如果大惊小怪地说，赫尔姆林（Hermlin）的自传中这些或那些内容不符合事实，这难道不可怕吗？

齐：早在《铁皮鼓》一书中——《风信鸡的优点》也是如此，只是表现方式不同——我就诧异于您作品的讽刺手法、与虚假的田园风光的游戏、多声部与反向声部、荒诞与滑稽，还有幽默与想象的元素，如在《比目鱼》中。另一方面，您总信奉那些触手可及的、能直接感知的、能真正体验到的、而不是被理念充斥的东西。所有这些——也基于我个人的偏好——使我很早就开始关注这样一位类似利希腾贝格（Lichtenberg）的启蒙者的思想轮廓。如，从他的作品中我读到，必须通过"谬误"发现真理，用"理念"进行实验，必须找到"启迪的杠杆"才能清晰地思考。我赞成把对格拉斯作品中对启蒙的分析提前。六十年代中期的某个时候已经开始方向性地出现了。但我认为，奥斯卡已经是一个对启蒙的实验！

格：完全正确。那拉伯雷（Rabelais）毫无疑问也是一位早期的启蒙者。我就是从他们中来的。

齐：迄今为止，您的早期作品在很大程度上都被归到超现实主义或者荒诞主义。《铁皮鼓》当然有某种这个理性时代的气息，但就它的富有建设性的、丰富的内容以及写作的洞察力,还有写作意图来看,那它则是一种特殊形式的、"理性"的思考与体验世界的尝试,同样也是一个启蒙的实验。

格:奥斯卡·马策拉特当然已经是"怀疑"原则的雏形。怀疑的、用手指去摸复活的耶稣的伤口的托马曾是我最喜爱的信徒之一。这些都是我作品的部分,早在我深入研究利希腾贝格与启蒙以前就已经有了初步的轮廓。我对此早已做了准备。我还想再谈一下滑稽。从具体的事物中也能产生滑稽的效果,这也许是我的一个特点。您把一只旧鞋放在称信的天平上,那这就很滑稽。但它们又是那么奇特地协调,天平疯狂地偏转。相互之间没有任何联系的东西,我略施小计,而不是强迫它们,让它们出现在一个画面中,有交集,我对此乐此不疲,这肯定与我对古怪的比喻的嗜好有关,其根源来自文艺复兴。我们现在把丢勒的铜版画《忧郁Ⅰ》作为例子,画中充满了稀奇古怪的东西,它们相互对峙,需要人们去破译之间的联系。帕诺夫斯基(Panofsky)和萨克斯尔(Saxl),要是我们在文学评论界有这样的人就好了,我的上帝!

二　理性的扭曲

——纳粹独裁与新毕得麦耶尔

齐:格拉斯先生,两年前您写道:"如果说书不比作者更聪明的话,那它要比作者更错综复杂,肯定更为丰富。"对文学作品而言,想必尤其如此。基于虚构的结构以及多重含义的美学,它们在某种意义上具有反思与真理的力量。至今您仍坚决拒绝写自传,您指出,您不愿在历史的切点中去描写一个主观的"我",而一个与时代同步的"我",作为一位充满想象力的作家,您在这方面能做得更好,这一点我们曾简单地谈过。然而《铁皮鼓》中的奥斯卡·马策拉特,其实就是您!再提一下:为什么经历过的生活必须经受复杂的美学形象的转变呢?

格:文学作品,不管是短篇还是长篇小说,或者一组诗歌,其创作的前提是:作者,比如说我吧,创造一种诗意的、富有诱惑力的氛围,它向作者索取他拥有的最后的东西,在写作过程中可以说完全是一层一层地把他剥蚀开来。随着写作的进展,作者越来越多地只成为一种工具。他尽管创造了应该有助于去剥蚀他的氛围,是创作者,然而,他同时也是一个物体,被越来越多地剥蚀掉。如果所有这一切最后成功了的话,那他就精疲力竭,被汲空了,一片空白。

因此,多年创作出来的结果常常要比作者有更多的层次,如果作者对此进行反思,曾经能理解或者能作出解释的话。这项任务最恰当不过的是留给他人,尤其是读者去做,但除了读者来信以外,读者一般都几乎不发表意见。读者怎么成了我们研究最少的对象,也许是这样,谢天谢地。但在读者发表言论的地方,如文学批评或者文学研究,那要看评论者或者研究者是否这样来研究作品了:他是否像作者一样去经历这种充满诱惑的氛围。只有这样才能达到默契。我的意思是您曾经引用过的话:不管怎样,作者——正如我在一篇关于《铁皮鼓》的创作过程的文章中所说的那样——是一个"不可靠"的目击者。

齐:允许我们在作者创造的诗意的、富有诱惑力的氛围中去质疑历史的真实性吗?去检查是否在虚构真实的历史,这样做合理吗?这样我们又回到了作者的自传体作品上来了。

格:我常常自问,什么是我的驱动力,我也想弄明白其他作家的驱动力是什么:什么使那些作家五年或者更长的时间把自己藏起来,或者十几年都抱着素材而不动笔,直到突然迸发出火花的那一天?其实常常是个人的,甚至是最简单的驱动力:好胜心,向从不相信儿子或女儿的父亲证明,我能行。在一个机构,不管是中小学还是大学,在这儿,个人的生活按照中产标准也许是失败的,现在可以向他们证明,我是成功的。当然这些理由还不够写一本书,但作为能干的、偶尔熄火的驱动马达还是可以的。

就我个人而言,如果我回顾《铁皮鼓》与《狗年月》的话,还有一个理由,那就是愤怒:在五十年代我看到,历史是怎样被篡改,被抑制,人们是怎样感激地捡起一个逸闻,这个逸闻又是怎样扎根于社会的。这个逸闻说,这个可怜的德国民族被穿黑色制服的、带有骷髅头标志的恶魔诱惑而走上歧途。就我孩提时代以及青年时代的经历来看根本不是这样。

现在撇开写作不谈,战后的头几年,把自己从纳粹的教育中摆脱出来,自由地思考,有自己的观点,对我以及许多我同时代的人是一个极其缓慢的过程。顺便说一下,这一过程在德国西部要比东部难,因此也许也更彻底。被战俘营释放回来的时候,我十八岁,仿佛被扔进了一个自然猎场,在德国西部没有一个替代法西斯主义的意识形态。我不得不与许多其他的人一样自行发展,不得不预计要走许多弯路,要犯错误,或者被它们偷袭,因为有时它们是难以预料的。我曾与那些生活在苏占区和后来成立的民主德国的同行以及其他人交谈,他们差不多都是我的同龄人。在那儿,一开始就有替代纳粹的意识形态,为了填补1945年后的真空,很多人很感激地接受了这一意识形态。他们脱下了褐色的军装,穿上了少年先锋队蓝色的衣服。因此民主德国的这一代人要比西部德国人更早地有了固定的、完整的观点与看法。

后来,他们受到了报复。许多人不得不弥补解放自己的过程。

如果我稍微回顾一下,就这些书的出版时间来看,西部德国的文学——尽管有点晚——是从五十年代中期开始探讨德国历史的,而西部德国五十年代以及六十年代的现状充其量作为写作的角度出现,我的作品也是如此。尽管故事是从五十年代或者六十年代开始,但是在追溯。而在民主德国则很早就出现了描写民主德国建设阶段的作品。这些书给人的感觉是:他们早就摆脱了法西斯,他们现在可以把注意力放在现在了,而这只是一种假象。因此,二十年后,克里斯塔·沃尔夫(Christa Wolf)《童年的样本》出版。从赫尔曼·康德(Hermann Kant)的作品我们也可以看到,他相对较晚才开始去追溯历史,也就是开始一个西部德国的作家在五十年代和六十年代已经开始的一个过程。

齐:在文学中获取真实,用虚构的手段去审视和弄清历史与现在,这种尝试您在《铁皮鼓》中很早就开始了。让我们再回到奥斯卡·马策拉特这个形象,因为他是您为反思作出的努力以及您艺术成就的典范。奥斯卡是一个虚拟的人物,我们并不很确切地知道,他是谁的儿子,或者他自己是否有儿子,他的身体表现出某种病态的东西。他是陌生化的存在,是一条叙述的导线,在这条导线中,普遍的东西折射在这个个体中。显然,您试图用奥斯卡来实现您"去妖魔化"的计划。常常有人说,从奥斯卡这个人物能看出流浪汉小说的传统,或者说在他身上隐藏着您独特的对真实进行分析的一个难题?

格:我面前有一堆无法摆脱的素材,但缺少作者清醒的、不可被收买的、独特的,但又处在故事中心的视角。我阅读的人们所称的流浪汉小说无疑曾对我有很大帮助。流浪汉文学提供的东西绝不会过时,因为它总向人们提供必要的凹面镜或者以不同的方式打磨过的镜子,就像在一个带镜子的房间里一样,去矫正一个充满美丽谎言的时代。五十年代和六十年代的状态是,事态与观念重新稳定下来。人们在谈论"从零开始",基于无明显界限的过渡,其影响直到今天仍存在,尽管每个人都知道,"从零开始"从未出现过。如果当时有人向我们预言,到世纪末,我们仍会被我们的历史追赶上的话,那"摆脱"这个概念就不会流传开来,尽管本意是好的。其间我们已经发现,历史是摆脱不了的。它将永远是西西弗斯的努力。如果我们认为,我们已经弄清楚,为什么会出现奥斯维辛,那我们又重新站在山脚下,必须从头开始,重新思考、重新解释、曾经如此确凿的、稳固的联系分崩离析了,这是一个艰难的过程。

但文学作品却有这样的可能,以另一种史学家们无法采用的方式与历史打交道。假如我们只依靠史学家,而没有我们的格里美豪森的话,那我们知道三十年战争的哪些事呢?他从下层人的视角,从当事人、参与者以及被卷入大大小小的罪行的人物的角度来讲述故事,他没有把自己拔高,以胜利者自居,自以为是,而是置身其中。这就是我需要的奥斯卡的视角。

我们的谈话难免会涉及逸闻趣事,但这也许会使我们豁然开朗。在《铁皮鼓》的创作过程中,当我在瑞士的泰辛(Tessin)时,我偶尔会碰到阿尔弗雷德·安德施(Alfred Andersch)。他的小说《桑西巴尔》(*Sansibar*)让我颇有收获。但我向他提出了我的几点疑虑。我当时作为一名年轻的作家,无所顾忌地向当时赫赫有名的、很霸道的阿尔弗雷德·安德施提出了我的疑虑。最有争议的是:我不明白,他为什么在他的小说中对那些有充足的、正当的理由不得不,也愿意离开自己国家的难民进行了细致入微的、充满深情的描写,而总称那些恶人和追踪者为"另类",因此他并没有让自己与作品中的人物保持距离。安德施没好气地对我说:我不想与这个罪行累累的民族有任何染指,他们对我来说是另类,因此,我不想对他们进行深入的描写。我非常放肆而且很大胆地对他说:但作为作家您必须这样做。这样,我和安德施间的争吵就根深蒂固了,并且从未停止过。直到后来他也没有改变他与我对文学完全不同的态度。

齐:在这个意义上讲,奥斯卡也是一个作案人,他绝不只是一个受难者。

格:对,完全正确。他是他所处的时代的一面镜子,他是这个时代的化身。从不想长大中发展出来的兽性、不作为与罪行充斥着整整一个时期,他是所有这一切的化身。他是一个参与者,不只是一个观察者。

齐:让我们再仔细分析一下奥斯卡这个角色。一系列的观察、反思与评论汇集在他身上。您曾经写道:他是一个"不被理性重视的孩子"。另一方面,他的行为无论如何绝不是非理性的……

格:他是一个恶魔,当理性沉睡时,他就出现了。

齐:您在五十年代末就非常清楚其中蕴含的极其矛盾的启蒙这个棘手的问题了吗?

格:我知道,这种滔天罪行并不是一个野兽般、自发的大屠杀的结果,其刽子手并不是一个愚昧无知的,只遵循返祖规律的民族,而是一个部分人已经被启蒙的、几百年以来就拥有已经普及的、被人到处赞赏的、在不断进行改革的教育体制的民族。一切都是在欧洲启蒙的意义上发生的,我们不应忘记,这绝不是德国的、英国的或者法国的启蒙,一开始就是整个欧洲的启蒙运动,在我们大谈欧洲与欧洲货币的今天,很容易忘记这一点。我们低于十八世纪的组织水平,顺便提一下,这是在十七世纪的巴洛克时期就已经开始酝酿的。

尽管这样依然出现了奥斯维辛。也就是说,启蒙对这样的兽行也没有抵抗力。与此相应,我在写作的同时,责成自己制订了一个阅读计划。当我还是个年轻作家时,我就读了蒙田(Montaigne)的作品,我发现,这位怀疑论者在与经院哲学和迷信的所有斗争中,对那些后来被启蒙诋毁为非理性的东西总抱有一定的尊重,迷信不仅存在于他的周围,而且直到宗教战争中还在产生很可怕的影响。他并不赞成它,但他接受它的存在。他知道,非理性不能被消灭,也无法改变,它会一再爆发。到启蒙运动的晚期,当理性被神化,被拔高时,人们才蔑视或者忘记了蒙田一开始就指出的提示。利希腾贝格有类似的提示。然而在所有的这些国家中有一大群所谓的启蒙者,他们在把理性绝对化的过程中起了推波助澜的作用。直到今天,如果我们能定义"进步"的话,那我们总是只把技术进步与启蒙等同。

我现在强行转变一下思路。就启蒙的意义上来看,奥斯维辛当然是进步的产物。还从未有过如此有计划的、高效率的、在相对短暂的时间内,不留痕迹的大屠杀。我们不得不惊恐地认识到——奥斯维辛是——但不只是启蒙的产物。

齐:我觉得很有意思的是,您怎样试图去描写隐藏在奥斯卡这个人物身上的哲学或者说认知批判逻辑。我觉得您作品中的奥斯卡一方面就像康德的"弯曲的木头";另一方面我的眼前很快就出现了利希腾贝格的形象。您今天怎样看待荒诞主义以及在您六十年代以及七十年代的作品中更强大的启蒙观点的紧张关系呢?关于您对加缪的接受我们以后还会谈到。

格：我是从诗歌开始的，当我开始强求自己去写散文的时候，我并不知道，这段旅行将通向何方，但有一点当然是前提，那就是用哪种语言写作的问题，我们还不曾涉及这个话题。我是在五十年代在各种各样的对文学的争论中成长起来的，概括地说是四七社和废墟文学。争论涉及的几乎都是有根有据地走出被破坏的德语语言的尝试，再次坦诚地去面对它，这样就导致了语言的贫乏。这肯定是必要的，但对我以及许多我同时代的人来说是不够的。我们不能允许把我们美妙的语言事后软禁起来，宣判它是有罪的，因为它曾被很多人滥用，被他们毁坏。我认为重要的是要千方百计地利用语言具有的所有东西。因此，像奥斯卡·马策拉特或者这一对既是朋友，又是敌人的二人转马特恩与阿姆泽尔的形象当然就特别合适。贯穿德国思想史的双重结构深深地吸引着我，如迪俄尼索斯（Dionysos）与阿波罗（Apollo）完全对立的性格特征。类似的东西也反映在历史中，体现在如奥斯卡·马策拉特的角色中，而且是以他自己的方式表现出来：奥斯卡用歌德的《亲和力》和拉斯普京（Rasputin）的混合体为自己编凑出这种双重性。如果您回忆一下就知道，奥斯卡在发高烧时怎样胡言乱语，歌德和拉斯普京在战争快结束时怎样以旋转木马经营者的身份出现，在这儿，一直延续到启蒙运动的理性与非理性的斗争就这样很形象地用语言描写出来。

齐：找到刻薄的、清醒的、艺术的以及审视的语言，并试图用它使德语变得富有生气，为德语洗涤罪责，其棘手的中心问题是要达到的目标：让人们能认识到启蒙反常的恐怖行为以及仍然萦绕在德国人头脑中的纳粹神话。这至少是我在读以及再次读这本小说的时候认识到的。

格：我认为，如果我用传统的现实主义的手法的话，是做不到这点的。我一直觉得很好笑的是，文学作品中的人物是怎样被评论界轻率地贬低为艺术形象的。在最好的情况下他们是艺术形象，他们也必须是艺术形象。当然,堂吉诃德是一个艺术形象,《白鲸》充满了艺术形象,从船长到鲸鱼。高度概括的经历、发展与反向发展被人格化,成为一个形象,一个艺术形象,这个表达也许不太能说明问题。

我从困难开始:现实主义的写作过程不够用了。就某些准备好的段落而言,现实主义的描写是很有用的,用现实主义的视角去思考总是有好处的,先去看,然后再写。但同时,如果人们要杀气腾腾地去揭示把许多历史过程引向荒诞与犯罪的发展趋势的话,那对现有资源的集中,进行艺术的渲染当然也是必要的。这样的集中和这些艺术形象——他们的百宝箱里装满了故弄玄虚的工具和玩具——便像凸透镜和凹面镜一样把这一切生动形象地表现出来。

齐:为了营造这种荒诞的效果,为了让叙述者与其周围环境间产生强烈的离间效果,在《铁皮鼓》中荒诞与超现实的元素交织在一起,您同意这种说法吗?

格:这要看情况而定。如果您把就外表来看被称为文学类型的"荒诞"看作是我们现实的一部分,而不是与现实相陌生的东西的话,那我在这一点上赞同您的看法。因为我对一点确信不疑:我并不把历史的进程看作是受黑格尔思想所认为的过程——总是在不断进步,我认为,历史是一个荒诞的,戏弄理性的过程,这一过程不断证明,我们是多么需要从历史中吸取教训,同时我们又是多么缺少这样的能力。我们有各种各样,越来越先进的武器系统,但直到今天我们仍准备残暴地以暴力去解决争端。如果有人像我二十五六岁或者二十八九岁,也就是很早就有了这种还比较模糊的认识,为了达到像《铁皮鼓》和《狗年月》这样的结果并通过写作去尝试的话,那荒诞就不是被作为美学的添加剂,为了使作品尽可能有趣而被放到作品中,它是真实的一部分,是应该被描述的东西的一部分。

齐:我认为,就叙述的思路与精心安排的结构而言,可以在如劳伦斯·斯特恩(laurence Sterne)或让·保尔(Jean Paul)的作品中找到《铁皮鼓》的传统。作品中由正反意见驱动的与真实的游戏,奥斯卡是怎样边叙述、反思,边与自己和读者游戏,真实是怎样漂浮不定,怎样出现怀疑的疯狂,这个"声名狼藉的存在"——您曾这样称呼奥斯卡——是怎样努力去认识世界与真实,如果人们更仔细地看叙述结构的话,那在这一层次上就可以把这部启蒙的、精心设计的小说称为传统小说的典范。令我惊讶的是,早期的格拉斯受这一传统的影响已经是如此之深了。您认为我的印象正确吗?

格:我们曾谈过可以证明的流浪汉小说的影响。但对我来讲,《铁皮鼓》也以讽刺性的、游戏的方式探讨在德国被人称为的"成长小说",不过,对"成长小说"的答案一开始就给定了:主人公已经成长起来了,他已经定型,他的世界观已经形成。仍在继续发展或者说展开的是奥斯卡用自己成熟的世界观面对的历史的进程。这样就出现了游戏般地来处理素材,在《铁皮鼓》中怎样来处理事先确定好的成长和见解,在《狗年月》中尤其如此:不管是在歌德—拉斯普京的影响中,还是奥斯卡在对待自己成长的方式中,这些在作品中都把这部艺术家小说推向高潮。他突然发现,他不再为了保护自己,为了与成人世界保持距离去唱碎玻璃,而是完美、娴熟地去唱碎玻璃。当埃迪·阿姆泽尔做稻草人的时候,类似的过程也发生在《狗年月》中。这两部小说都是对艺术家小说荒诞性的模仿以及对其荒诞性的论证。

齐:为此您尝试对已知的素材进行加工,首先承认时代精神已经存在,然后再打破幻觉。我认为这是您的结构模式。您要把读者拉入非理性,也许先在思想上给他们提供某些东西,然后再把它拿走,对它进行质疑,让它破灭。

格:这首先是发生在我身上的一个过程,目的是动摇我的信心。

只有当作者愿意让自己没有把握的时候,与安德施的观点相反,也就是愿意屈尊去体会罪犯的处境的时候,他才能用所有的艺术手段把自己的没把握呈现给读者,读者也许会对此没有把握。但首先是作者没把握。现在我要说的听起来不容争辩,但我从我自己的经验中,从与同事的谈话中知道,如果作者对自己要写的东西确信无疑,以至他只需要将自己照搬下来就可以了的话,那最后他只能创作一部成功而无聊的作品。它不会让人心烦意乱。

齐:这就是说,当您突然让奥斯卡住进精神病院时,您并不知道,他将怎样继续发展,您将怎样继续去描写?您真的是在一个悬而未决的思考与写作的过程中来完成这些的吗?

格:是的。这一无把握的、冒险的旅行在第一轮写作中有很多漏洞。如果我好好想一下的话,也许有些信息是确定了的。我再说一次,作者是一个不可靠的目击者,如果谁注意倾听了我们的谈话的话,那他可能还记得。我再想一下,我把奥斯卡的三十岁生日作为故事的结束。但在这期间发生了什么,他是怎样走到自己的三十岁生日的,是匆匆忙忙地或者说以什么样的状态,这些都是未知数。

齐:铁皮鼓的象征意义或者说它的思考内涵是令人惊讶的。从表面上看,它首先是一个玩具。但它在艺术家小说被引申的层面上完全被赋予了认知和回忆的功能。铁皮鼓是唤起历史、设置距离以及回忆的一个元素或者说一种可能。

格:您说的都对。但有一点您不应忘记:我的童年以及青年时代到处都弥漫着鼓的噪音,从早到晚都在敲鼓,还伴随着哨声和歌声,鼓远远超过了在海涅作品中占重要地位的军事传统,它是一个现实的、时代的一种工具。掌权的是一种喧嚣的意识形态。

齐：我正想谈谈您象征手法的使用……

格：在《看台》这章中，奥斯卡拿着自己的儿童鼓在看台的正面碰到了一大群鼓手。整个场面从头到尾都由少年队的长鼓与希特勒青年团的平鼓配乐。奥斯卡只需敲节拍，打乱节拍。鼓被置入属于它的时代，是这个短暂时代的一种工具，但其影响直到今天依然存在。

齐：您的作品中常常出现这样的例子：您首先把那些非常具体的，来源于现实的东西作为象征或比喻，然后这些东西慢慢获得了广泛的分枝意义，在作品的上下文中才得到正确的解释。对此有很多争议，如有人提过这样的问题：格拉斯与歌德的象征意义有什么样的关系？如果我理解正确的话，这些象征是在与时代相关、对当下提出批评的设想中产生的。

格：通过像奥斯卡·马策拉特这样一个人物形象，鼓，当然有了某种——我不喜欢用象征意义这个词——意义，其意义超越了它当时在日常生活中以各种形式被使用以及滥用的意义。他击鼓让自己回到过去，他用鼓来回忆。后来，在最后一部分，他通过击鼓来赚钱：他让成年人回到童年，回到婴儿时期，如果他愿意的话会让他们尿湿裤子。他现在使用自己经历过的东西，并开始推销自己——在此，我们又回到了艺术家小说。但他不是肤浅地这么做，而是在推销他作为鼓手在与鼓打交道中获得的经验的实质。鼓，这个象征，如果您要用这个词的话，直到推销的过程完全与现实息息相关，因为这种关联得到了证明，而不只是我们这样强调而已。

齐：《铁皮鼓》是一部艺术家小说，但同时也是对一个病态时代的描写。主人公在艺术上美的以及非美学的怪癖的造型，艺术家的难点以及铁皮鼓，您故意用这些生硬的搭配来反对传统的成长小说。

格:我想,如果我以《狗年月》为例则更能说明问题,我可以再从另外一个角度来看艺术家小说,艺术家小说及其艺术家小说的变异都在这部作品中起着很重要的作用。如果埃迪·阿姆泽尔的出发点是:人跟上帝长得一样,稻草人是根据人的样子做的,那上帝就是稻草人的鼻祖。他从这个推断出发来发展自己艺术家的世界观,创造自己的世界。这与奥斯卡用自己的鼓所做的相似。

齐:这就是说,您仿佛要在对时代的批评中保持这一工具的尖锐,或者使它尖锐来反对成长小说,从而为尖锐的、分析性的现代小说提供工具?

格:是的,重新使那些我们非常熟悉的,平常的东西陌生化,把它们残酷地放到当前,并相应地去利用它们。

齐:我认为,冷静的观察、对奥斯卡行为的澄清都很残酷、很尖锐,他对他父亲以及扬·布朗斯基的死都负有责任,而布朗斯基事实上可能是他的父亲。

格:而对不同人物的死所负的责任,也包括他母亲的死,对奥斯卡来说是一种奇特的混合,是真实的罪责、假定的罪责,以及对罪责满足感的混合。

齐:这是一种魔鬼般的罪责。奥斯卡是一个罪恶的、亵渎的……

格:他是一个恶魔,是恶魔的化身,他与恶魔游戏,也喜欢自己恶魔的角色。那些固有的观念被他解剖、被多次粉碎、被暴露,这些观念在他身上显得很荒诞,也就是说,这些观念在他真正的怀疑中显得很荒诞。没有任何神圣的东西是不可以被怀疑的。

齐：奥斯卡其实是一个人们可以看得见的观念库。

格：同时也是一个观念的破坏者。

齐：其中蕴含的宗教主题不仅出现在《铁皮鼓》中,除此之外对您也具有根本意义。这一点在文学评论界几乎不被重视,几乎没人看到这点。从文学研究中我们才知道它的重要意义。您曾经说,奥斯卡是一个"换向的柱子圣徒"。您的意思是什么呢,如果人们想到这位亵渎神灵的侏儒的时候?

格：这个轻率的概念要追溯到我很早以前的写作经历。我在五十年代初期,搭便车周游法国的时候曾写了一首长诗,这首诗是关于我们时代的柱子圣徒的,完全是模仿,但也有某些个人的色彩:一个泥瓦工,他受够了这个世界,想突出自己。他用自己的技术在他生活的小城里建了一根柱子。他喋喋不休的、郁闷的母亲用一根棍子把食物送到柱子上给他吃,他现在从这根固定的、高高的柱子上,从另一个角度看这个他熟悉的、被他憎恶的世界。很有意思的打算,但不仅因为是模仿而以失败告终,而且还因为这个人物是不动的。

奥斯卡也在寻找一个角度,只不过不是从上往下看,而是因身材的限制只能从桌子边去看。这样,他就比柱子圣徒有更多的活动空间,他可以四处活动。从这个意义上讲,奥斯卡是一个换向的柱子圣徒。但不管是柱子圣徒还是奥斯卡,他们都有同样的愿望,从别的角度去看我们熟悉的,或者看似熟悉的东西。

在《铁皮鼓》的创作时期,有一些非文学的东西给了我启发,在创作初期是一次在瑞士搭便车的旅行中:我在别人家做客,大家一起聊天,突然房门开了,一个拿着鼓的三岁孩子走了进来。他敲着鼓,穿过房间,从另一扇门走了出去,整个过程没有看我们成年人一眼。之后我改变了原来的场景,因为这个场景给我留下了挥之不去的印象。

另一个启发是一部电影——《第三个人》。您还记得吧:一个孩子,他成了谋杀门房的目击者。镜头跟着孩子的视线移动,突然人们从他的视角看到了一切。这在当时也引起了我的注意并深深地印入了我的脑海。电影剩下的部分是用我们熟悉的镜头拍摄的,导演卡罗尔·瑞德(Carol Reed)有意识地变换了视角,这显然不仅只给这一场景带来很多意想不到的东西。

齐:当时人们曾责备您非要颠覆性地痛斥基督教信仰以及战后的社会,这个社会被迫去寻找新的价值观以及方向,他们首先是在信仰中去寻找。您下意识地忍耐了人们对您的责难吗?

格:我们生活在一个打上了基督教烙印,被基督教打造以及扭曲的世界,这个世界充斥着固定的观念,它们被列为禁忌,但它们需要我们对它们表示怀疑。这在《铁皮鼓》中尤为明显,在其他作品中也同样很重要。奥斯卡当然是一个优秀的质疑者。在他受洗的时候,他就提出了相反的看法。当他被问道:你拒绝撒旦吗?他的教父代他给出了一个寻常的答案,然而奥斯卡并不拒绝撒旦。《铁皮鼓》中整个天主教的污浊是天主教区以及散居在外的其他信仰的许多人的经历。所有属于人类形成的过程以及教育途径的东西都在他身上得到体现,他是以他的方式来完成这一过程的,也就是对一切进行质疑,如对自称为基督教的天主教-异教提出疑问。这也允许他对耶稣直呼"你"。在写作过程中,我发现,我是怎样成功地重新唤起对基督教的早期理解,跟上帝进行直接交流的,这一点,我要自我表扬一下。

齐:谈到基督教我们再次回到自传的问题,您当时所经历的以及所受的教育是什么样的呢?文学研究中对这一点有不少争议:您是怎样受到法国存在主义争论的影响的?您在多大程度上受加缪与萨特的影响的?所有的这些影响又是怎样在您的早期作品中表现出来的?西西弗斯的主题直到今天仍伴随着您,但我认为,这一主题在您的作品中从未有过宿命的成分,而是建设性的、积极的、前瞻性的,尽管其中包含了怀疑与反乌托邦的元素。在写作《铁皮鼓》的时候就已经是这样了吗?

格:我不得不再强调一下:跟许多我同时代的人一样,我在1945年带着许多空缺,被迷迷糊糊地扔到了和平中。不只是文学,还有其他一切也许我更感兴趣的东西,如造型艺术,在此之前都被禁止,被扭曲,我是通过一位素描老师才对这些领域有所了解的,她当时在服兵役,她用二十年代的艺术目录让我对艺术有些了解,这在当时是需要很大的勇气的。当我十五岁辍学的时候,突然发现自己已经身穿青少年防空兵的制服,很长一段时间都摆脱不了这种制服以及军队生活的阴影:从服役到被俘以及开采钾盐时的头几个住地都是兵营。我在做石匠学徒时,还住在教会宿舍,也就是说,我总和许多人住在一起。这对我并不陌生,因为我在一个两居室的屋子里长大,从没有过属于自己的房间,很早我就学会在噪音和其他干扰中集中注意力。辍学以后,我现在不得不自学成才。这样,我大概从五十年代中期,我开始写作《铁皮鼓》的时候开始博览群书,疯狂地,但并不是没有漏洞地阅读。不过我很幸运,也许也是因为我的坦诚,我被年长的和聪明的博学者引导与指点。在教会宿舍,有一位弗朗西斯派教父,在他的引导下,我熟悉了特拉克尔(Trakel)和里尔克。当然,他也给了我托马斯·封·克姆佩(Thomas von Kempen)以及其他宗教书籍给我阅读,我觉得这些书籍并不无聊。在柏林,我的一位雕塑老师路德维希—加布里尔·施勒博(Ludwig Gabriel Schrieber)大约在1953年送了我查尔斯·德·高斯特(Charles de Coster)的《乌兰斯匹格传奇》,这本书对我很重要,这是我在阅读拉伯雷之前看的书,格里美豪森我已经读过了。在巴黎,当我已经开始写《铁皮鼓》的时候,保罗·策兰(Paul Celan)让我开始关注拉伯雷。其他的流浪汉小说是我后来才开始接触的。

然后当然是接触现代文学,尤其是罗沃尔特袖珍书出版社出版的袖珍小说问世以后,这时,欧洲恰好因加缪与萨特的矛盾开始争论。与我同代的一些人,可能不是太多,他们关注争论的发展,并参加了不同的派别。我很早就选择了加缪,选择了与意识形态敌对的、对它进行抗拒的观点,选择了永远的反叛和西西弗斯的原则,当然是加缪特色的,他思考的结束语是:我们必须把西西弗斯看作是一个幸福的人。直到今天我仍赞同他的观点。

但早期对我产生影响的还有其他文学作品,如波兰诗人米沃什(Czeslav Milosz)的《被诱惑的思考》。这本散文集仿佛是我的家庭常备药,它把我武装起来去对付绝对的意识形态带来的危害。米沃什成功地借助一系列的波兰作家的生平清楚地指出,知识分子是怎样迅速地受到这个或那个,甚至好些意识形态的诱惑的。这一点体现在比如《狗年月》的马特恩这个人物身上。当我八十年代在一次笔会上重新见到米沃什时,我觉得很有意思,但也很沮丧。对他来讲,这是第一次与我特意会面,但因为我很欣赏他,我在五十年代就从巴黎出发去麦颂-拉菲特(Maisons-Lafitte)拜访过他,当时他在那儿负责杂志《文化》的出版发行。我当时是一位年轻的、不知名的作家,我和妻子安娜一起去看他的。他非常坦诚,一位年轻的德国作家看起来对他的《被诱惑的思考》颇为欣赏,这让他有些受宠若惊。当我在笔会上再次碰见他,向他讲起往事的时候,他有些尴尬,因为他已经与这本书划清界限了。在这期间,他成了一个保守主义者,与他的这本书分道扬镳了,直到今天我仍不理解其中的原因。我一如既往地认为,这本散文集对知识分子易受诱惑的特点作了非常详尽的分析,从文学意义上讲也是如此。

我的第三段经历是奥威尔,他对我的影响不只是《1984》,还有后来的《我的加泰罗尼亚岁月》(Katalonien)。他描写的左派自我毁灭的过程再次给我留下了深刻的印象,对奥威尔这样一个左派来讲,写下这些是需要勇气的,他回到英国,找不到出版社,因为书的出版可能会伤害自己的左派阵营,后来,他在一个保守的出版社出版了这本书,他多年被孤立,但最终还是一个左派。上面列举的这些作家对我的影响都很大。

齐:这些可能部分相矛盾的作品完全体现在《铁皮鼓》中,《铁皮鼓》一方面充满了荒诞的观点与哲学论断,表现了历史的循环往复与冷酷无情,放弃了空洞的乌托邦和希望;另一方面,这部作品对怪癖的小资产阶级和权威、纳粹以及开始变得麻木的福利社会的旧包袱提出了强烈的抗议。我把这部作品中的这些对立看作是政治讽刺。

格:这些年的哲学,不管是不是这样,都被人们归纳为存在主义,他们把海德格尔、萨特和加缪同样也包括进去,直到今天在法国很可能仍是这样。只是他们代表了存在主义的不同特点。加缪和海德格尔对西西弗斯的解释是完全不同的:加缪把西西弗斯无穷尽的任务看作是积极的,海德格尔则用"命中注定"来贬低它,对他来说,这是一种存在状态,是不可改变的。尽管没有终极目标,也绝不存在这一目标,与西西弗斯的原则相应,加缪的观点是永远在运转的,就算没有这一原则,希望也会溜走的。这是加缪观点的革命性,我赞成他的观点,并进一步发展了这一观点,我也经历了这样的观点。

仿佛像一种仪式一样,总有人问我,那还存在希望吗?您还抱有希望吗?我只能反复指出,有一群人,他们以制造希望为职业,但一般是虚假的希望。我不能传播希望,我只能指出西西弗斯的原则:经过许多努力后,尽管石头被推上去了,但稍作休息后,它又滚下来了,也许只存在相对的成功。永远的推石头对我来说属于人类的存在状态。一位年轻的作家在阅读、当然也是在生活中的经验在《铁皮鼓》中反映出来,我认为,在《狗年月》中表现更为突出。

齐:对贝恩(Benn)、海德格尔,也许还有荣格思想的拒绝态度在《铁皮鼓》中已经有所表现,其目的是之后在《狗年月》再详尽地讽刺、挖苦吗?

格:关于海德格尔的段落让人们对我非常恼怒,而对我来说,则是一种带有特别见解的写作享受:例如在描写柏林的沦陷,被红军占领的那一章,这一切都是在寻找领袖希特勒丢失的牧羊犬的构思中完成的。小说部分是用国防军总司令部的日常用语以及海德格尔的语言组合而成的。从一个语言层次到另一个语言层次的过渡非常流畅,这让我自己都感到很惊奇,因为两种语言都喜欢把词名词化,直到出现一长串复杂的名词,我这样做并不想贬低海德格尔的《存在与时间》这部表现主义后期作品的语言魅力和诗的艺术。例如"命中注定"这样的概念显然有某种让人着迷的东西。但如果人们对他的概念进行推敲的话,那也只有"命中注定"。

齐:这种语言对您来说是联邦德国战后社会,以及其思想精神的发展和独裁与德意志本质特点的一种证明吗?

格:您会发现,许多我同时代的人在战争结束后很悲伤地抱怨被纳粹意识形态利用。同时,他们变得极为多疑。我十八九岁的时候非常多疑,这种心理我后来才慢慢地克服。我对一切伪装的气氛异常警觉,因为这是交易的手段。整个五十年代都充满了这些虚假的东西,如从反犹太主义转变为几乎令人作呕的亲犹太主义。您只需要看看当时刮起的对安娜·弗朗克的狂热风暴。鉴于此,我忍不住要问问那些狂热分子,他们是怎样看那些不如安娜·弗朗克有魅力,真正穿着长袖长袍,与其他人一样相貌平平的犹太人的。许多这样的人被毒气杀死。正是在这儿,亲犹太主义走到了边缘,它改弦易辙走向了反犹太主义。像这样的事,尤其是五十年代让我更加警觉。

齐:让我们再次通过《铁皮鼓》思想的光谱来看当时的联邦德国。奥斯卡在战后的联邦德国经历了质的变化。他成了艺术家,后来在《母鼠》中是出售录像和媒体的商人,类似未来的制造者。其中当然包含了纳粹的遗物:铁皮鼓现在成了财源,奥斯卡成了人们崇拜的美学偶像,他被人们当作救世主、魔术师和通过祈祷帮助人治病的人而被人崇拜。奥斯卡用另一种方式,在另外的层次上重复着法西斯对政治的美学化,当然这一切都是以消费主义、享乐主义和追求利润的名义发生的。在这儿形成了新联邦德国的轮廓吗?

格:首先是在战争期间就已经开始酝酿的新毕得麦耶尔在《参观混凝土》这章中很重要:对政治不感兴趣的人的封闭、精心修饰的无辜、精心修饰的罪责声明。显然,德国人不会流泪,只有在"洋葱地窖"的娱乐酒馆里人们才变得温和、伤感。

齐:您什么时候认识到,这个新的共和国至少潜伏着重蹈覆辙的危险的?

格:事后才知道要远远比当时就能认识到可怕得多。今天我们知道,法西斯时期的法官战后继续担任法官的数字是多么的庞大;今天我们知道,在奥斯维辛审判中,只有像卡杜克(Kaduk)与博格(Boger)这样的直接肇事者受到了惩罚,而那些幕后策划者却未被绳之以法,没有他们,这一切绝不会发生。同时我们知道,德国的两个部分是怎样顺从大国的利益的?1998年我们举行了一系列的纪念活动,其中一个是纪念1948年采用德国马克。在人们的头脑中很早就根深蒂固的是,这是路德维希·艾哈德的功绩。其实不是这样,我当时就知道,我们大家都应该知道不是这样:德国马克是美国人创造并推行的,德国人只是让它流通,他们只是一个配角。美国人一开始就计划让它成为西部占领区的货币。在两个德国建立之前,我们出于反共产主义以及冷战的需要完美地实行了货币改革,我们今天知道,它从根本上分裂了德国。回顾历史,我们把对柏林的封锁以及空中走廊看作是美国人的丰功伟绩,仿佛这是因为苏联的某种刁难才发生的一样。然而,根本原因是我们单方面地采用了一种新货币。之后几天内,人们马上就看到,新货币在德国东部引起了怎样的不稳定。为了应对这样的局面,德国东部采用了封锁柏林这一错误的做法,这样,德国的分裂一开始就慢慢成了定局。分裂是整个德国的"功劳",这一点一直还被掩盖。这种思想意识的神话至今仍在流传,直到1998年的大选,我们仍看到,人们是怎样成功地兜售这一神话的。

齐:您所说的仿佛作为紧张的历史进入了《铁皮鼓》的创作领域。这样围绕政治色彩的还是非政治色彩的格拉斯的争论就显得更为引人注目了。汉斯·维尔纳·里希特(Hans Werner Richter)在1961年曾说,对他而言,格拉斯一点也不带政治色彩,他是一个"无政府主义者"。1962年,您针对《铁皮鼓》说,一个作者只能陈述,他无权控诉,格拉斯其实是"保守的"。

格:"保守"这个词源于无休止的谴责。事物必须自己去表现自己:作家的任务是,熟悉他的表现手法,尽量不要指手画脚。假如他偶尔这么做,那他必须采用所有的艺术手段。

齐:1960年左右不存在无政治色彩的格拉斯吗?

格:我的一生都带有政治色彩。不管是素描还是写作,我的兴趣尽管都是在美学方面,但如果我在这一领域工作,那我就是在一个带有政治色彩的、被政治扭曲的世界工作。如果我试图去创作与之相反的图像时,那我面对的恰恰是这个被政治扭曲的世界。此外,与十九世纪相比,今天的政治入侵到我们生活的所有领域,直至个人的空间,只要看看电话窃听就知道了。所有这些都是按照启蒙新研制的方法,技术上尽可能先进。某些联邦安全局的人曾希望的"玻璃人",就像是对启蒙宣扬的透明的嘲讽。

我对此作出反应,在一个被政治预先造就的世界,这当然意味着在政治上作出反应,尤其是用美学的手段作出反应。但这并不排除我同时越来越多地把自己理解为一个公民,作为公民用我所有的可能性作出反应:用演讲、文章、争论,也用竞选演说,一开始我并不是这样。我把这些行为看作是理所应当的,或者应该是理所应当的。

我的态度并非源于文学的见解与经历,而是我战后头几年迟到的政治见解与经历。当时,我们所有的人都被迫去思考一个问题,如果人们愿意这样做的化,那就是:怎么会出现这样的事?我1927年出生在其中的魏玛共和国怎么了?这个共和国不仅在右派阵营有很多敌人,而且共产主义者也同样拒绝它。总的来看,当时的民主力量太小,太弱:只有社会民主党人、中央党以及一些溃散的自由主义者自始至终都在为它奋斗。起决定作用的是,太少的公民去保护它,我认为,这一点具有决定性的意义,从中我得出了我的结论。

齐:再回顾一下《铁皮鼓》的出版。这部尖酸刻薄的、荒诞不经的、抗议性的作品在德国和世界都取得了巨大的成功。这对您来说是一种鼓舞呢,还是成功带来的巨大负担或者担心?

格:我在写作《铁皮鼓》的时候,我就预料到了:某种东西会成功,而其影响是我无法理解的。从这点可以看到,作品在创作阶段就已经把它的作者拒之门外了。顺便提一下,我在写上部作品《辽阔的原野》的时候同样有类似的预感:我有某种东西会成功,这种情况是我还在创作的时候就已经预料到了的。

让我们回到《铁皮鼓》。当我和妻子安娜从巴黎到法兰克福参加书展的时候,我到处都能听到窃窃私语,第一次面对许许多多的自以为是的人,可以看到数千的新出版的书,听到许多名字:伯尔的《台球九点半》,还有一位未出名的作家,叫乌韦·约翰逊(Uwe Johnson),同样还有《铁皮鼓》。突然出现了三四本新的书名,尽管有希贝格(Sieburg)和《法兰克福汇报》,我们也不得不说,德国战后文学取得了突破,是成功的。谈到突破,人们总还用许多稀奇古怪的军事用语。当时我们去跳舞的时候才总算从人群中摆脱。当时Luchterhand出版社举办了一场舞会,对这场人们迟迟不肯离去的舞会我还记忆犹新。

三　罪与赎罪

——对德国存在领域的猜想

齐：1963年，在《铁皮鼓》发表后四年，《猫与鼠》发表后两年，您出版了《狗年月》。评论界对这本书的争议很大，而在读者中，这本书则取得了空前的成功。评论界当时要在这本书中去感知一个文学"怪物"、一个"古怪的邋遢鬼"。他们声称，"幻想与疯狂"是这本书的内容；这本书没有任何简练的叙述，是一堆大杂烩，并说，从中可以看出作者的力不从心。间隔一段时间，如果今天来看这本书的话，我的印象则与此完全不同。我在这本书中感知到多种多样的、多层次的视角，从一个作者团，从多个报道者的角度来叙述，他们互相纠正、互相反驳、互相诋毁、互相竞争。不管怎样，最后可以看作是讲述的内容或者历史真实的东西都是悬而未决的。我在《狗年月》中再次发现了虚拟的、接近可能的形式，而没有任何教条的、确定的东西，人们总喜欢把这些东西作为乏味的见解与煽动性的做法强加于您。在这本书中，我看到了用多样化的手段构成的自我反思，看到了叙述的某种"不可靠性"。与《铁皮鼓》相比，这部小说的确是新的开始吗？

格：我们可以把《铁皮鼓》看作是成功的。第一人称的"我"通过以奥斯卡第三人称的叙述方式还给自己提出并发明了对立的观点，他在一个被奥斯卡体验过的、一览无余的空间里登台表演。《狗年月》我还得从头谈起。这部作品的首稿当时叫《土豆皮》，我写了一年，差不多有三百页，在《铁皮鼓》之后就开始写毕竟有点太早，因为我还在巴黎校对《铁皮鼓》。不久之后，我就发现，发明这样的叙述角度的想法固然不错，但在应该发挥作用的地方，它却没有起作用。这一点在一个插曲中表现尤为明显，我想让这段插曲打乱我现有的方案。这段插曲当时叫《骑士勋章获得者》，后来成了中篇小说《猫与鼠》。我首先把《土豆皮》的手稿放到一边，在较短的时间里，差不多用了大半年的时间完成了《猫与鼠》。《猫与鼠》写完后我也找到了《狗年月》的叙述角度，即一个作者团，这样在《猫与鼠》之后，我就能用《狗年月》的书名进行新的创作了。

两位老一代的作家一开始就是小说的中心，他们在"一战"期间出生，在维斯瓦河口一起度过了童年：一位是马特恩，他是一个磨坊主的儿子，在尼克尔斯长大；另一位是埃迪·阿姆泽尔，他住在维斯瓦河的对岸，是一个犹太小商贩的儿子，长得圆乎乎的，与马特恩很要好。埃迪·阿姆泽尔从小就开始做稻草人，并在维斯瓦河的种植区找到了买主。马特恩是一个忧郁、内向的男孩，有暴力倾向，但也有奇特地渴望友情和温柔的一面。阿姆泽尔作为叙述者在第一部分登场，整个维斯瓦河口地区是叙述线条的基础，当两人到了上文理中学的年龄到了城里时，这一部分结束。他们一开始是驾驶学校的学生，在但泽上一所私立学校，在三十年代的纳粹与战争时期成长。第二部分的叙述者是一位年轻一点的，叫哈里·利贝瑙。他大概与我属于同一代人，《猫与鼠》的叙述者皮伦茨也是我们同一代人。第三部分是战后时期，马特恩经历了所有的意识形态后公开宣称自己是一位反法西斯主义者，在他的"马特恩营地"里进行他的报复活动。

这是叙述角度的大概，当然这要比像奥斯卡第一人称的叙述复杂得多，也具有更大的挑战性。但在《铁皮鼓》中有两个地方打破了第一人称的叙述模式：一个是在《信仰、希望与爱》这一章，另外的是最后一部分在有轨电车一章是另外一个人在叙述，因为奥斯卡无法叙述了。《狗年月》的时间跨度要大得多，从写作的开始，也就是从作者角度来看，是典型的六十年代作品的表达，而《铁皮鼓》则是从五十年代的角度来创作的。六十年代也是从这一意义上而言：在最后一章中，我们可以从马特恩女儿身上看到某些在1968年的运动中起作用的东西,如"认识父亲的眼镜"。年轻的一代,他们开始激烈地行动起来,他们需要看清他们沉默的父母,尤其是沉默的父亲。埃迪·阿姆泽尔,稻草人的发明者,把认识父亲的眼镜投放到市场。扼要地讲这么多当时我考虑到的。又是残酷的、确切的,甚至超确切的现实主义,现实主义被倾入荒诞中,荒诞所起的作用是加强真实性。两者间的过渡又是如此流畅。与《铁皮鼓》的结尾一样,《狗年月》的结尾也是悬而未决的,这样,整部作品带有某种未完待续的感觉。

齐:我认为下面这两方面的同时出现非常值得注意:一方面是作家格拉斯越来越明显地公开的政治化,当时好像就有人谴责说,他的政治活动是对艺术的背叛;另一方面是这部作品实实在在的,及其大胆的结构以及为艺术而作出的巨大努力。在现代小说中,只有在深思熟虑的叙述中才能制造政治言论。当时您就已经清楚这点了吗?

格:外界对我的评价,不管是文学界还是政治界,我都很陌生,这些评价我充其量觉得好玩而已。当一个与我同时代的作家在五十年代开始写作,那他一开始就是在青年时期经历过多次突变的人,他预先被设计好的思想与意识形态的世界最晚或最早在1945年崩溃了,我,还有许多其他人用了很多年在讨论中去摆脱残渣。也就是说,这些必须得进入写作过程,这种突变也必须成为一种风格。

就《铁皮鼓》《猫与鼠》以及《狗年月》而言,当时怎样对待失去的东西当然很重要,由于政治原因,这些东西我们彻底失去了。我们发动了战争,我们试图改变世界,实际上我们也改变了世界,直至地理疆界的改变。根据希特勒-斯大林条约,波兰边界西移,这样我的故乡但泽又成了波兰的了。我们不得不说,这个受德国、荷兰以及其他国家的移民影响的城市在波兰统治时期是它的繁盛期。波兰王室对它的统治达三百多年,当波兰三次分裂,它落入普鲁士手中后,但泽的经济才开始出现衰退。我想用文学手段再次唤起这个因破坏和失败而毁灭的世界。

后来证明，这个主题从未离开过我，直到《铃蟾的叫声》(*Unkenrufen*)，我一直把但泽作为我写作的焦点。不只把它作为一个题目，而且通过我的写作，我想证明其他作者已经证明了的一点：乡村是文学的出生地。就在朗弗尔这个不大不小的郊区，在世界上发生的事，也可以在这儿发生，也可以从这儿去看、去理解、去决定、去写作。在萨尔曼·拉什迪被判处死刑之前，我和他为英国广播公司的节目做了长谈。我们作为两个工匠在写作的前提下进行了谈话。作家作为同事就技能方面进行切磋，无疑会带来最大的收获。拉什迪和我一样，失去都是我们不得不写作、用写作唤起回忆的根源，我失去了但泽，他失去了孟买。逝去的、重新发现的残片、对某种东西的回忆，如对汽水粉的回忆，都会打开某种时代氛围，一种逝去的，但又可以再次唤醒的气息。后来，一位英国的日耳曼学者提出了"但泽三部曲"的概念。我对此并无异议，尽管我并未打算写三部曲。我也写不了，作为抒情诗人，当时我想：完成《铁皮鼓》后，你就完成了你小说领域的任务，这就够了。然而，不，就像剥洋葱一样：剥了一层皮，还有一层，又是一层。记忆就像洋葱一样总有写作的欲望，这样就出现了有某种内在关联的三部小说。

齐：唤醒丢失的、回顾并深入曾经发生的，另一方面也不断详细地、尖锐地去探讨联邦德国的现实状况，也开始对第二个德国的现实状况进行研究，即对代表社会主义希望的民主德国进行研究。马特恩在某个时候朝民主德国的方向走去，但却未抵达，他停在了经济繁荣的西部。我认为，您在这儿就已经表现出了失望，您对第二个德国清醒的观察很有意思。

格：我不能说对民主德国感到非常失望。我从一开始就知道，它的另一种意识形态，统治了我们的整个世纪，它是如此的封闭，自成体系，所以它不允许有任何发展，是无法改革的。在这一点上，我与许多可爱的同事的观点不同，我与他们进行了无数次的争论。尽管这样,我未让自己受第三种意识形态,即反共产主义的意识形态的诱惑,我肯定也因为我提到过的书,如《被诱惑的思想》或者因加缪和奥威尔的态度,变聪明了。像年轻的时候一样,被唯一的救世学说的姿态出现的意识形态诱惑的危险已经不存在了。因此,用批评的眼光去看两种制度所有的差别,哪怕是细微的。

我们一开始就谈到过,是什么促使一个人去做这种过时的工作,多年以不同的版本多次去写小说。这当然也是夸张的事业心,用文学的方式重新获得因政治原因而丢失的东西,也就是与在西部德国大力推行的复仇主义不同的方式,它直到七十年代都还在捍卫1937年的疆界。直至今天还有人试图改变历史的既成事实。带着某种自信,我要求自己用文学去关心我们失去的东部,西格弗里德·伦茨与其他作家也是这样做的:为了与欧洲东部达成谅解,我们作出的成绩要比所有从基民盟/基社盟直至自民党的政治家多得多,他们认为,我们可以再次索回、再次获得失去的身份。失去的已经失去,什么都不留。我知道,我的祖父母因阿登纳在吕内堡(Lüneburg)的承诺,他们是怎样收拾自己的行李。他们认为,不久我们就可以回到我们失去的家园了。无穷尽的竞选谎言并不能让那些逃亡者得到应该得到的东西,即稍微安稳下来,政治家们总给他们虚幻的希望。只有文学能部分成功地用文学形象去挽救失去的、因自己的错误失去的、错过的,给世界带来不公的,因驱逐而继续带来不公的东西,战争的双方为此都有一大批受难者。我带着某种自信再次对那些今天还像施托伊博先生那样的煽动者说这番话,他们给苏台德地区的人制造幻觉,只因竞选的需要再次危及到捷克与德国之间艰难达成的谅解。从阿登纳到今天都在玩一种难以言说的、毫无结果的游戏。

齐:在《狗年月》中,您把独特的象征手法,即我们前面提到过的稻草人,引入充满着放弃、失去、不恰当的希望、意识形态冲突的喧嚣的历史中。文学研究把您小说中的这种结构模式和题材称为"客观的关联"。这种关联在您的小说着起着什么样的作用呢?

格：稻草人涉及人与上帝形象的关系。人与上帝长得一样,这一点被彻底怀疑。直到小说的最后一章,在钾盐矿场中生产稻草人用于出口,稻草人反映了人的行为。显然,稻草人表现了现实和精神世界,甚至哲学以及神话的形成。矿山是模仿但丁的地狱写的,有恐怖的矿室,但这些都是从生产、销售以及资本主义创造剩余价值的层面上考虑的,暗示了:地狱在上面。

齐：稻草人与铁皮鼓在叙述功能上类似。两者都是很具体的东西,但它们荒诞的形象同时又是媒介或者象征。我发现,可以把真实的历史的喧嚣与稻草人联系起来。它们被充上了历史的电流,以特有的方式被包装、被加工,这样人们仿佛在它们身上可以去研究复仇女神:从吵吵嚷嚷的普鲁士的阅兵到带来死亡的冲锋队揭开帷幕。

格：在这儿一再涉及历史与对历史的反思。例如,当您看到马特恩坐火车去柏林的时候,布洛赫的《托马斯·闵采尔》的全体人员突然都上路往东奔去,然后从车厢的车窗望去,全部的历史也以稻草人的形象在行进。

齐：也许我们应该再次解释一下稻草人的多层次性。我想,这些也许与作为造型艺术家的格拉斯息息相关,他看到了当时现代艺术的抽象主义。我认为,历史中的老一套在此也有所表现,我指的是稻草人与反犹主义间的联系。像稻草人这样的东西显然也应该被引入对意识形态的批判中。

格：在创造《狗年月》的过程中,我画了很多画:如,大型的修女画像,还有跟她们一样在小说中有重要意义的稻草人、速写、素描,所有的芭蕾舞剧都跃然纸上。要解释这一点的话,我还要回到五十年代,回到在造型艺术中曾带有意识形态特点的争论。当我 1953 年到柏林的时候,艺术界正在进行一场非常激烈的争吵,一方是我非常尊重的画家,艺术研究院院长卡尔·霍夫(Karl Hofer),另一方是艺术理论家,维尔·格罗曼(Will Grohmann)教授,他是一位成绩卓越的人,但在思想上捍卫绝对偏离具体的物体,甚至不要具体的物体。在这段时期,人们只想把贝克曼(Beckmann)、迪克斯(Dix)、霍夫和其他人抛在一边。人们要与世界水平接轨,有趣的是,当时在民主德国,人们也在狭隘地谈世界水平。当然,这个世界水平来自美国,当时出现了许多有趣的、无具体物体的画,人们完全可以把这些画挂到德意志银行的会议室,它们丝毫不会影响银行的任何业务。如果人们把贝克曼那三张相连的图画挂在那儿的话,那银行就会被砸了。人们很明智地没这样做。如同在萨特、加缪的争论中一样,我表明了我的立场,我赞成有具体物体的画。采取这一立场不仅针对我的素描或者雕塑而言,而且也针对我的写作。对具体事物的告白贯穿在我所有的作品中。

我引入了其他的看法,其他的对真实的感知,有意识地放弃了某些传统的东西。你在我的作品中找不到这样开始的句子:他这样或那样想……,或者他抱着这样或那样的希望……。我的作品中没有这样的东西。我的人物形象是从外部被观察的,是从他们的行为、行为方式或者非行为方式来解释的。比如,您看看《猫与鼠》,皮伦茨谈到马尔科时说,"我从不知道他的内心",直至作品末尾也是秘密,只有猜测。顺便说一下,这是猜测的风格,我很早就开始使用,在乌韦·约翰逊身上以完全不同的方式表现出来。作者确信,他自认为知道,他虚构的人物在想什么或者有什么打算,这种确信我们当时还有,在文学中依然还部分存在,我认为,这种自信非常老套。

齐:稻草人的素材走得很远,直接进入了政治批判。如我回想起一个场景:埃迪·阿姆泽尔给一组稻草人穿上冲锋队的制服,这样就制造出了一个非常怪诞的场景,在纳粹德国仿佛出现了来自艺术界的攻击。

格：事情要复杂得多。我是这样来描述他的：因为他是半个犹太人，他当然无法搞到冲锋队的制服来装饰他的稻草人。因此他说服他的朋友，有共产主义倾向的瓦尔特·马特恩放弃共产主义，加入冲锋队，尽可能帮他搞到已经经历过好几场会议厅里群殴的冲锋队的制服。这样的制服尤其适合用来做稻草人。然而阿姆泽尔失算了。有人给他供应稻草人，但马特恩因为对意识形态没有免疫力，他成了冲锋队队员，是阿姆泽尔在花园里让他的稻草人机械地齐步走，敬礼的时候，打趴下的九个蒙面人之一。从一个蒙面人的咬牙切齿中，阿姆泽尔发现，他的朋友马特恩是其中一个。这是一个有多重意义的故事，它同时表明从艺术直接转向政治的危险。

齐：也就是说，法西斯分子无法容忍自己被木偶、机器般地工具化，他们开始还击。这再次证明了稻草人制作政治方面的意义，它不仅涉及艺术批评，也涉及哲学范围。就某种意义上来讲，当时海德格尔的思想对于您就是思想上的稻草人，您对此进行了尖锐的讽刺与挖苦。您当时非常严肃地看待德意志思想在海德格尔作品中的晃动。

格：一方面是严肃地对待，另一方面又是非常离奇的故事，易受意识形态干扰的马特恩对贝恩痴迷、对他的比喻技巧夸夸其谈了一段时间后——他总是这样夸夸其谈——，突然把海德格尔的术语据为己有。海德格尔影响到青少年防空兵的学生们，他们在高炮部队服役，开始模仿海德格尔，这些又导致了很滑稽的对海德格尔的运用，尤其是在追捕老鼠的场景中，在高炮部队炮兵连发现了老鼠，也就是说他们在一场破坏性的、野蛮的行为中使用海德格尔。在《狗年月》中，海德格尔的概念脱离了它们的比喻，非自在之物，也就是没有存在意识的纯粹的存在就像白骨一样堆积如山。这些在柏林的沦陷中、在寻找领袖的狗的时候、在名词化语言的结构中升级，名词化的语言是从海德格尔的语言以及联邦国防军最高统帅的语言中过滤出来的,这一点我们已经谈到过。

这些段落遭到了强烈的攻击,也带来了一定的后果。这部小说是1963年出版的,在这一年我被选进了柏林艺术研究院。海德格尔因此拒绝来研究院。海德格尔就此事与研究院通过信,我是不久前在学院的文件汇集中才发现的,当时,我并未意识到海德格尔的反应。在《狗年月》中,我要求这位哲学家信守承诺,这也关系到他在就任校长时的讲话。胡塞尔曾是他尊敬的、佩服的老师,也是他思想的引导者,他把《存在与时间》的第一版献给胡塞尔,他对胡塞尔的疏远以及重新写献词时的玩弄字句,我在《狗年月》中同样做了文学加工。我并不想以此指责海德格尔,我只是想指出,1933年有多么广的领域都开始不作为了。

并不只是受到很多谴责的小市民对此负有责任,总认为是小市民的错——左派也这么认为——这是一种傲慢。事实上是人们对小市民置之不顾,把他们交给了纳粹。社会民主党的无产阶级意识只是人为制造的,就其结构上看,早就不只是无产阶级的了,共产主义者也同样如此,知识分子们陶醉于"无产阶级"的概念。1968年,我们再次经历了类似的情况。人们总瞧不起小市民,在政治方面对他们置之不理,结果是,他们轻而易举地成了纳粹的猎物。不仅如此,诱惑,被诱惑的思想也同样发生在贝恩和海德格尔身上。因为他们的语言功力受到年轻人的吹捧,不管是有着"双重生活"的贝恩,还是海德格尔在面对仰慕自己的来访者保罗·策兰的时候,他们都不能给我们一代人作出任何解释。保罗·策兰在等海德格尔的一句话,但这句话始终没有出现。我认为,这种沉默,而不是他们自己的行为在他们短暂的随波逐流之后保护了他们,之所以短暂也是因为纳粹最终无法利用他们俩。这些都体现在《狗年月》中,但不是作为论点,而是通过马特恩这个人物来表现的,他沉迷这种或者那种思想,然后又像脱衣服那样把它们扔掉,目的是再穿上下一件思想的外套。

齐：您当时是否担心,贝恩、海德格尔或者荣格尔的思想会在德国经济奇迹的温床上在某个时候会成为占统治地位的时代精神,从而在政治上开始蔓延?

格：当然。我们曾经历过,并仍在经历这样的现象。很多作家在1968年前后发表文章谈"改造"和"改造营",如在《行车时刻表》杂志上有这样的计划,今天想起来还让人不寒而栗,谢天谢地,这样的计划并未实现。其中的部分作家今天还为自己新保守主义甚至新自由主义的腔调沾沾自喜,有些在很大程度上右倾了,他们不对自己和公众作任何解释就完成了自己的思想转变。这种机会主义与见风使舵的行为不仅只存在于1989年的民主德国,在德国西部也有同样的事。出于作家的职业习惯,我有很好的记忆力,所以,这样的事瞒不了我。

齐：瓦尔特·马特恩就是这样的变色龙,他在《狗年月》中经历并代表了种种可能的思想。从他身上可以清楚地看到,所谓的清偿罪责,在他自己身上和在别人面前都是失败的。他找到一条为自己开脱罪责的道路,那就是总把罪责推到别人身上。一方面,他要复仇,但却根本认识不到自己的过失,就更谈不上去清偿罪责了。我引用一下您的话:"夜晚是左派,白天是右派,骨子里是先锋派,这种混合是一种真正时代的混合。"其中涵盖了瓦尔特·马特恩的灵魂与精神。这种在不同思想间的快速转变不只在德国的政治领域,也在文化领域形成了一种风气吗?我的意思是,比如回忆的无能、坦白罪责的无能,其中包含了这个新建的西部德国共和国决定性的、开创性的标志吗?

格：不只是西部德国,两个德国,两个德国的社会都是这样。我们先回到马特恩:他也用暴力来实践自己的最新信仰。他在冲锋队里是个打手,战后,他是一个复仇者,自称反法西斯主义者,打击他的牺牲品。我们今天看到,一些人,其中也有作家,他们在共产党领导的政府下或多或少地遭受过一些苦难,但跟那些真正遭受过苦难的人相比,他们所受的苦难并不算多,他们不惜用一切从斯大林那儿借来的手段,作为民主德国安全局的间谍去寻找自己的猎物。在这儿,牺牲品与作案人的界限再次模糊了,在这儿可以看到思想的迅速转变。从这儿也可以看到作家们的健忘,他们对自己被东部笔会吸收为成员非常感激,但他们现在否认,他们成为会员的时候曾给他们看过笔会的宪章。他们以报复的方式,在两个笔会合并的讨论中一再义正词严地指出这点。他们无所顾忌地立刻用斯大林的方式方法去怀疑与自己意见不同的、提出不同理由的人。

齐:《狗年月》中对德国经济奇迹世界的荒诞描写尤其引起了我的注意,您把这一世界比作一个虫子。这个脱胎于老德国的新德国的复苏是被虫蛀的、深受恶毒的连续性和旧包袱重压的复苏。您写道:"它所遗忘的东西在寻找超验的替代品:如出一辙的纳税人。"这确实是很早针对越来越往资本主义-保守主义发展的联邦德国的论断。

格:这是五十年代与六十年代德国重建以及经济奇迹时期的真实状况。在讽刺性地处理海德格尔的语言时,我把发展回归到固定的纳税人和消费导向这一清醒的事实上,今天仍是这样。我当时并不知道或者预料到,我当时所看到的和所描述的,直到九十年代还能得到证明。

齐:有趣的是这种二元性:一方面是逐渐成为竞选人的、公开政治化的、宣传民主社会主义、实际上也在为它辩护的格拉斯;另一方面,在小说中则是对僵化的德国社会情况非常清醒的分析家。

格:这是非常理性的、不带意识形态的看法。对我来说,赞成民主社会主义并不带意识形态的特点,而是对"第三条道路"的开放性态度,我一如既往地看好这条道路。我们经历了僵化的、没有能力改革的过程,经历了共产主义是怎样崩溃的,我们现在正在经历,资本主义没有对手后自己怎样毁灭自己。在战胜共产主义的那一刻,它想不起比十九世纪过时的、非人道的更好的办法,这样我们今天面临一项很荒诞的任务,那就是用民主社会主义去阻止资本主义的自我毁灭。因为随着资本主义的自我毁灭将会有数百万的人被推向贫穷,而那些主子连眼睛都不会眨一下。人们将会把这一切归罪于市场,而它根本就不再存在。

由于这些见解,我把我无法用小说或者诗歌来表达的东西作为公民在竞选活动中去表达。在这样一个理想主义的国度,人们总是从100%绝对的决定出发。我苦心劝说,到处宣告说,我只需要60%的把握就可以去选举一个政党,我认为,100%绝对的东西没有什么意义,我对自己也没有100%的把握。如果我睡好了觉,那我早上有好心情的时候,我对自己有80%的把握,下午开始,把握下降,也许到了晚上会有所好转,但充其量也不过只有60%的把握。这就可以了!但当时对德国来说,这是新的东西:抛开100%绝对的东西,放弃非此即彼的决定以及绝对的"对"和"不对"。"我大写的对是用小写的不对构成的句子",这是我给一组诗加的标题,这组诗又再次用文学的方式来说明这一问题:"这座房子有两个出口,我选择第三个出口。"

齐:在《狗年月》中,大学生和年轻人用他们"辨认的眼镜",他们"神奇的眼镜"去观察当时以及今天资本主义发展后期的腐朽状况。这些眼镜是布劳克塞尔,别名为埃迪·阿姆泽尔大批量生产的。年轻人用这种尖锐的、可以说是启蒙的工具去洞察他们父母,尤其是父亲的纳粹史,这是一种讽刺性的叙述技巧。就您后来对学生运动的批评来看,这还算是对学生的积极评价。

格:对,这是我的预料,但同时又以独幕剧的形式在上演公开的倾听,这也是我对后来我经历的事的预料:马特恩被盘问,对他的审问变成了一种宗教裁判。

齐:这个新联邦德国的公共机制首先被暴露无遗……

格:去讨论罪责是不够的,解释是不够的,那些人应该被公开谴责,被击垮。这是必要的,对历史作出解释的审判中令人不快的东西,这种审批在程序中变得僵化。1968年我在法兰克福书展上经历了社会主义德国学生联盟举办的一个活动。活动中,在一个公开的舞台上,阿多诺(Adorno)被学生领袖以令人作呕的方式被可笑地捉弄,被弄得精疲力竭,克拉尔(Krahl),还有其他人在场。阿多诺就像一个披麻戴孝的小丑站在舞台上,唯一提出抗议的是哈布马斯和我。社会主义德国学生联盟的女学生们就像一群泼妇一样出现在舞台上,我们几乎被她们撕碎,因为我们对这种公开的致人于死地的审判提出了抗议。《狗年月》中,我在《公开的讨论》一章,用当时广播技术所有可能的技术,用广播剧的形式,把这样的审批游戏般地放入了场景中。在这样的审判中,最后的结果是被审判者肯定完全毁了。

齐:现在我们不得不这样解释说,马特恩是"吵吵嚷嚷的广播教育"的罪魁祸首。

格:是的,他是合适的牺牲品,他的身上有很多污点。只是这种方法今天仍有待我们去思考。当然,1989年后对民主德国安全部间谍的控告是合理的,但如果人们永远都用斯大林主义的方法的话,那我们就会重蹈覆辙。

齐:这种准法庭的场景我们以后在《比目鱼》中还会碰到,当聚齐在一起的女权主义者向比目鱼,在某种程度也可以说向叙述者袭去的时候。我把《狗年月》中的这部分看作是您对这个讨论与神侃的社会的一种预测……

格:当时的社会还不是这样。但没过几年这样的社会就开始了,直到今天还以脱口秀的形式保留下来。

齐:我认为,其中有一种特别的预见未来的叙述方式,这种叙述方式后来在您的《比目鱼》和《母鼠》中继续得到完善。因为瓦尔特·马特恩周围的礼俗毕竟导致了对社会问题的非问题化,从根本上讲,从这些问题中可以窥见未来威胁性的技术之上与官僚主义的解决问题的尝试,如果不是所谓的斯大林式的解决办法的话。

格:我指的不是斯大林式的解决办法,而是这样的方式。这样的方式渗透到今天政治上正确与否的轩然大波中。由于缺少敌人,吸烟者突然被孤立,人们要用这样的方法来对付他们,目的是要把他们确实成问题的行为——作为一个抽烟斗的人,我这样说——不仅说成危害健康的,而且是与社会为敌。这个被夸大的轮子带动下一个轮子,接下来是公开审判,公开揭露。如果人们要追溯源头的话,那提出的第一个问题当然是正确的。

齐:《狗年月》与《铁皮鼓》都是艺术家小说,尽管表现方式不同。就某种意义上讲,马特恩与阿姆泽尔这对二重奏也是政治与思想交织的艺术家的二重奏。

格:也是经济的交织:两者最后都汇集到把自己的天赋市场化。

齐:也是知识分子的不作为吗?或者说,什么是产生这种局面的根源?

格：不作为这个词我们也许后面还会谈到。首先是揭示了一种机制。一个天才很无知地发展，去感知这个世界，去改变它，开始优化自己的方法，越来越更多地从美学方面去改变它，日复一日，突然转向市场。这是当我开始我的两种能力与职业，作为画家与作家，我从自己身上观察到的。一开始我绝对意料不到，我是否能以此挣到一个马克。我1956年出版的第一本诗集，如果我没记错的话，到1959年卖掉了七百三十册。靠它是无法生活的。然后是《铁皮鼓》。当然，这本书对我来说当然是一件幸事。我非常高兴，也充满了感激，我三十二岁开始可以衣食无忧了，我经济上的独立因此而得到了保障。然而，同时我也意识到，我做的事如果都适合市场需求的话，那将是一种怎样的危险，我将怎样小心谨慎地在写作过程中不要预先去考虑市场需求。而事实是，我不得不去营造市场需求，我必须在特定的叙述模式中明确市场需求。这不仅发生在《铁皮鼓》，也发生在《狗年月》中，尽管它们的类别不同。

齐：然后是在《狗年月》的末尾，在地底下发生了地狱般的事。但丁向大家问好。一次畅游历史的暗流之行后的口号是"地狱在上面"，化名为阿姆泽尔的布劳克塞尔在这儿继续生产他的稻草人。下面巫婆的厨房是什么？这儿有什么象征意义？象征了一切历史非理性的发动机？是反乌托邦的象征？什么在最核心的地方推动世界？

格：在矿山的头排房间里，地下九百米处，在大量生产稻草人，它们好像在博物馆一样分组排列，按照一定的思想、宗教、政治与经济流派。讽刺性的是，对现实市场需求——它不是在地下发生的，地狱在上面——的写照表明了对神话的拒绝，对光天化日之下存在的现实的回归。两个朋友，他们吵翻过，失去过，和好过，最后一句话是：各人自扫门前雪，相互没有联系，事实上地狱在上面。我们可以这样认为,这是一种启蒙式的回归,它一再指出,命运不会把我们击倒,没有任何东西会把我们拉向地狱,我们遭受的苦难是我们自己造成的不成熟带来的。

齐:我想,这不只是针对德国人讲的。

格:是这样的。这是我对整个人类的印象,是我不遗余力地走出不成熟的尝试。十八世纪人们还认为,技术进步可以限制、减少、消除这种不成熟,当然,这种不成熟今天发生在完全不同的领域,我们面临不同的危险。今天我们看到,来自启蒙的过程所带来的结果把我们带入了新的不成熟。

齐:我提出这个问题是因为,偶尔有人责备您说,德国作家格拉斯在这儿警告,他的同胞们身上不可消除的非理性,他们没有能力为自己确定标准或者理性的目标。他们说,单《狗年月》中牧羊犬的神话就是对德国人依然存在或者会再次出现的种族主义观念的批评。您曾有过对德国人的成见、反德国人的观念吗?

格:我的文章、我的语言以及我的印象都在与德国现实的摩擦中产生的。这都是我熟悉的,曾给我、给我们大家带来危害的,我们生活在其中的,我试图改变的东西。但这并不意味着,十八世纪的不成熟或者本世纪末再次出现的不成熟状态只局限在德国。这种现象在全世界都可以看到,尤其是与十八世纪相比,我们现在面临的问题是全球性的。对生态的掠夺不分国界。尽管程度有所不同,但整个世界都受到威胁。对媒体制造的假象世界的依赖也是全球性的。今天在一个技术如此发达的世界几乎不可能建一个审查机制,这在本世纪中叶,在封闭的国家体制里还是可能的。一方面意味着解放,但同时随着这种发展而出现了一种新的不成熟的过程,人们把责任委托给电脑系统,这样人们在减轻负担的同时也使自己不成熟。

齐：在《狗年月》的时代难道没有对这样的东西提出异议吗，如德意志人的性格，总不断走上种族主义，要不就是灾难性的道路，这是德意志人的性格决定的吗？

格：种族主义也在其他国家出现过，也还存在，但种族主义的推行带来最极端的、最"完美"的，带来致命后果的是在德国，这当然是德国特色的。这是我至今仍面临的经验与生活的基础。

齐：君特·布鲁克当时在他对《狗年月》的书评中提到您对联邦德国的仇恨。您当时曾感觉到对整个国家的仇恨吗？

格：当然没有。您看，总是这些或者那些评论者不准确的、轻率的视角。当我的中心人物瓦尔特·马特恩在他事后反法西斯主义的无用的工作中唱起仇恨之歌时，人们便把责任推到作者身上。其中一点被他们置之不理，书中有三种相反的意见，这部小说的空间是多层次的，是虚拟的。

四 反对左倾唯美主义

——赞美忧郁的启蒙

齐：1966年，您的作品《平民排演起义》(*Die Plebejer proben den Aufstand*)首次上演，1969年《局部麻醉》出版。您在这两部作品中把焦点转向战后时代，一方面是民主德国的工人起义和贝托尔特·布莱希特；另一方面是西部德国的学生运动。"一个无政府主义者的决定"，海因里希·福姆维克(Heinrich Vormweg)在他的传记中对您这段时期的生活加上了这样的标题，意思大概是说，君特·格拉斯现在选择了具体的政治方向，不再保持中立了。您认为这个标题合适吗？

格：不，我觉得它有失偏颇，因为我从未宣告自己是一个无政府主义者。这是人们从我的写作方式中解释出来的。我的政治活动的基本方向早就存在。我的第一任妻子安娜和我1956年去了巴黎，只有我去联邦德国的时候才体验到自1957年联邦大选以来的联邦德国，这次大选基民盟以绝大多数取胜。1960年我们再次搬到柏林，一年之后我经历了柏林墙的修建。我的回忆得从1953年开始，我第一次到柏林后半年，在我去巴黎前，安娜师从玛丽·维曼学习舞蹈，我写一些或长或短的诗歌，并继续开始在造型艺术学院学习雕塑。就是在这个时候传来一个消息，我们听到这个消息后来到波茨坦广场，在这儿，我们从德国西部看到了6月17日的起义。祖国之家的大楼在燃烧，另一个建筑在冒烟，一个报刊亭起火了。我们看到苏联士兵在占领区边界挖战壕，后面直到莱比锡大街是人流、坦克以及向坦克扔石头的工人。这一场景深深地印在了我的脑海里。十年后我写了一篇文章,从莎士比亚开始,到布莱希特以及我对《科里奥兰》(Coriolan)的重新解释。之后,我把这篇文章归到《平民排演起义》的写作方案中。在柏林首演的时候,在两个德国都引起了不快,因为这个剧本涉及对历史的双重歪曲。按照阿登纳的说话方式和意图,西部在短时间内从工人起义中制造出人民起义,而事实并非如此。学生没有参加,教会以及当时还存在的资产阶级同样在袖手旁观,起义几乎只有工人参加直到血腥的结束。在东部当然是普通的反革命运动,很长时间都是这样的解释。这部剧本就是针对这样对历史的歪曲的。

我们刚才提到,我1960年回到柏林。然后修建了柏林墙,在这个时候,汉斯·维尔讷·里希特(Hans Werner Richter)来访,他的兜里有一张当时柏林市市长维利·勃兰特的请柬,他试图与知识分子进行谈话。通过里希特,我知道到了勃兰特的邀请,我问他:你为什么没有提到我?他笑着说:你是一个无政府主义者。你不会感兴趣的。胡说,我回答道。不管是什么原因使你称我为无政府主义者,我都没有异议,这不是什么有损名义的事,但我对勃兰特的邀请感兴趣,我要一起去。在与勃兰特的会面中,他分析了柏林墙修建后柏林的情况以及他作为市长的困难,因为他不得不同时参加竞选。他第一次被提名为社民党的总理候选人,该年9月就要举行联邦议院大选,他在寻找帮助,也在寻找表达措辞方面的帮助,但在座的知识分子和作家对社民党的批评津津乐道,当然,部分批评肯定是合理的。除了我以外,没有人愿意帮助他。令在座的人吃惊的是,我是唯一一个愿意帮助他的人。也许勃兰特也很吃惊,恰恰是我愿意帮他。我要做的是:每周两次去舍内贝格市政厅,我让艾贡·巴尔、勃兰特的工作人员以及新闻发言人给我文章以及勃兰特的发言稿,我修改稿件,整段起草稿件,试图教会勃兰特说"我"。显然,勃兰特害怕说"我"。我把可笑的第一人称的表达,如"在这儿讲话的人说……"修改过来。我在某些情况下成功地诱导他说"我"。我的工作就这样开始了。我看了勃兰特的两次选举活动后,在社会民主高校联盟以及自由民主学生联盟的学生的帮助下,在整个联邦德国组织了两次竞选之旅。当时的自由民主学生联盟在门德(Mende)领导的自民党下被开除出党。

这就是说,我的政治活动很早就开始了。我想作为公民去参与,我当然也意识到,这样做会有风险。这并不因为作家参与政治在德国是陌生的,而是因为与政治语言打交道就像与第二种语言打交道一样,可能富有诱惑力。我在《蜗牛日记》中探讨了这种危险,我一开始就意识到了这种危险。

齐:但作为公民的格拉斯,他在政治上致力于勃兰特和社民党,他绝不会忘记自己的艺术才能,把自己的文学搁置一边。他要把文学也许比迄今为止还要更坚决地引入对时代进程以及对时代问题的讨论中,当然总还要考虑继续产生影响的历史。这在《局部麻醉》(1969)、《蜗牛日记》(1972)和《从头分娩》(*Kopfgeburt*,又译《大脑产儿》)(1980)都有不同程度的表现。

格:头三部书《铁皮鼓》《猫与鼠》以及《狗年月》对我来说,但泽以及与但泽相关的历史已经被我用尽了。回到柏林对我意味着转向我在这儿能经历的两个德国的现实。这一切就题材而言非常吸引我,也完全有可能来处理这个题材。这样,在剧本《失败的战役》之后出现了小说《局部麻醉》,《失败的战役》被我搁置,或者只是部分地进行了加工。从题目就可以看出,它是描写越南战争期间社会状况的,是学生运动的前夜,在中学生中已经开始出现了抗议。对我来说重要的是人们对这些事件的反应,如:牙科医生以及文理科中学公职教师非常现实的反应,这位教师年轻的时候曾是一个帮派的头目,现在要在启蒙的意义上让适度的理性起作用。他有一个学生,出于对越战的抗议,他要与女朋友一起在凯宾斯基饭店门口烧死他的爱犬,一只猎獾狗。另外,还有一个女教师,总受德国理想主义的鼓舞,她很赞赏这位学生,哪怕她其实应该阻止他,不得不怀疑他的时候。

这是我发现的一个场景。启蒙者因不同见解争执不休。其中的一个主要人物,文理科中学公职教师在情节的发展中接受了棘手的牙科治疗,下颚前突,突出的牙齿都得治疗。他坐在骑士椅上,以前挂上帝画像的地方,现在放着电视。为了转移病人的注意力,电视开着,同时,电视也给他提供可能,把自己的幻想、愿望的设想以及担心都投影到模糊不清的荧光屏上。在病人不得不张着嘴,无法说话的时候,牙医不断地说着。这一很有诱惑力的固定的叙述角度促使我也用上了当时还相对较新的媒体——电视。

齐: 格拉斯先生,我往后退一步,再回到《平民排演起义》。您对民主德国的社会主义模式所持的保留态度以及反感我们已经谈过了。在这部作品中也可以清楚地看到您对任何左倾唯美主义的抽象主义和利己主义所持的保留态度。布莱希特的人物形象有自我矛盾的心理,他对自己信仰的艺术方面有更强烈的兴趣,而对把自己的信仰转化为现实去支持造反的工人则不那么感兴趣。这是一个虚构的形象,他在对西部德国学生运动的争论中有很重要的意义。1965年,您获得了毕希纳文学奖,您在您的感谢词中,从"修正主义者"的角度对学生运动中表现出来的左派姿态进行了强烈的抨击。您支持社民党,反对左翼党派之间的争吵不休以及为自我欣赏而保留的一方净土。您当时担心德国这个时候才开始的学生运动会面临理想主义以及非政治化的两难境地吗?

格: 让我们从《平民排演起义》开始。在小说中是布莱希特,在剧本中布莱希特则没有出现。就我而言,这是知识分子的一个立场:一个对革命必须怎样发展有固定设想的人要把莎士比亚的《科里奥兰纳斯》改编为有阶级意识的《科里奥兰》。他要抬高民众领袖,把科里奥兰纳斯降级为战争专家,然而在改编的过程中进展并不顺利。现实的舞台向前推进到排练中。斯大林林荫大道的工人来了,向他求助。工人们的表现不像他在革命剧本中所预先设想的那样,现实的闯入让他措手不及。他成功地拖住他们,他们没有得到他的签名,他把他们编入排练中,他利用他们,他收集素材。他的工作人员听从他的安排。

这个剧本暴露了许多问题:工人们愚蠢而不作为的表现;在工人面前有优越感的头儿以及他知识分子的傲慢;然后从工人中偶尔爆发出直接的控诉,在控诉中,像科里奥兰纳斯一样的头儿站在那儿,他玩世不恭,蔑视人民。所有的人都要他合作,甚至来了一个党委书记,他要把头儿架在手推车前,头儿也逃脱了。剧本的结尾,头儿几乎愿意合作了,他受到一个年轻的女工,一个女理发师的诱惑,她让他回忆起他以前的剧本,她要用充满激情的、浪漫的方式使他卷入起义,但他无法这样做了。苏联的坦克压过,起义瓦解了。最后,《科里奥兰纳斯》的排演中断,剧本被取消。从中得出的结论是:我们要改变莎士比亚,如果我们不改变自己的话,我们就不能改变他。最后是改写的布莱希特的《布考夫的挽歌》(*Buckower Elegien*):"你们这些无知的人,我知道你们的罪恶,我要控告你们。"剧本在罪责与责任的相互关系中达到高潮。我有意不称它为悲剧,而是"一个德国的遭遇",我以此把它跟巴洛克的悲剧联系起来,罪责的问题在巴洛克的悲剧中也同样未被澄清过,而总是矛盾的。这个剧本引起了轰动与争议,因为我清理了两个德国对历史的歪曲,对左翼理论上明显的傲慢提出质疑。

后者当然也合乎我在获得毕希纳奖时的发言。在发言中我首先对左派知识分子的行为提出了异议,他们偶尔在决议中挂上自己的名字,出于正当的理由对这个那个进行抗议,对日常的政治生活以及令人窒息的乡村表现出自己的傲慢。而我的决定是:去乡村,在那儿去理解日常的政治生活。这样矛盾发生了冲突。

齐:这些也许是您在左翼知识分子以及作家身上观察到的。而学生运动才刚刚崭头露角,还根本没发展起来。您对来自大学推动力的担心证明了您当时某种反复出现的忧虑吗?

格:我对刚开始的情况还记得非常清楚,因为我1965年为大选而到处奔波,我首先在大学城作了宣传。当时,在大学里还风平浪静。如果学生们罢课的话,那只是针对食堂糟糕的饭菜的,还从未因政治原因而罢课。在像科隆这样的大学中,社会民主高校联盟有二十个成员,其他联合会的成员也不会超出这个数字。1966年在柏林第一次出现反越战的游行,1967年升级。游行的推动力来自外界,如来自加利福尼亚的伯克利和荷兰。在那儿,对现实不满的年轻人给日常生活注入了新的政治气氛。有趣的是,德国的抗议活动是从战后建立的一所高校——柏林自由大学发展起来的,它让人感受到美国校园大学的氛围。

运动很快席卷各地,是完全合乎情理的。但在短时间内,运动就不再要求社会变革,而要求对马克思主义的讨论课进行风格上的革命,这个要求不具备任何革命的基础。讨论课是用德语上的,除了部分学生外,其他人根本就听不懂。在这儿也出现了对工人的傲慢姿态,工人应该由不久前才开始从事政治活动的青年学生来进行启蒙。当然在此遇阻,施普林格报系进行煽风点火,甚至表示准备谋杀。第一个牺牲品是本诺·沃讷若克,他的死应算在施普林格报系账上。在伊朗国王访问柏林的一次游行中,警察没有制止欢呼的波斯人用木棍、铁棍对学生袭击,而是保护他们,向学生大打出手。于是,事态变得严重起来,出现了煽动的言辞,这与联邦德国的现实已经毫无关系了。

我本想更积极地支持这次学生运动的,但我做不到走上街头去呼喊胡志明,因为我不是他的追随者。我比学生更早看到越战是一种犯罪,但我并不想帮助胡志明上台,因为我知道,人们所希望的美国人撤退、失败之后,在越南掌权的体制跟民主将会是两码事。美国人扶植愿意与他们合作的独裁上台而亲手毁掉了越南的民主萌芽。当这一点在当时的德国还未被认识到,我不能无条件地支持胡志明。

齐：这就更难理解了：像《局部麻醉》用这样的论点结构、对话形式以及多样的叙述方式提出的讨论从未被批评界、左翼，显然也未被学生运动注意过。

格：《平民排演起义》以及《局部麻醉》被批评界贬得一无是处，因此学生对这两部作品的关注从一开始就被封锁了。此外，当时的知识分子——从恩岑斯贝格到其他人——普遍都告别了文坛，只有宣传与行动还应该发挥作用。我不得不非常自信地说，苏联的宣传鼓动文化已经失败，我们还要再次去重复事实证明已经失败的东西。

齐：此外，文学评论界还指责《局部麻醉》说，格拉斯完全丢失了他的荒诞艺术，这本书是"单薄的""干瘪"的，只有论点，没有叙述的画面，评论家赖希-拉尼茨基还说，它暴露了对这场非常糟糕的示威运动的"轻蔑"。

格：我对此无话可说。我写了这本书，我不会再继续讨论它。对我来说，我已经为这本书画上了句号。

齐：我认为，《局部麻醉》有一个特别的优势，那就是，您试图在这本书中去展现历史：对把当时历史的经验转借到今天表示疑虑，从历史上对理论的争论中学习经验，如个人思想所受到的影响。

格：对。这是这本书要解决的难题，也就是从历史中得出的不幸的结论：经验是不能转借的，或者说只能很有限地转借。

齐：学生们尽管要去讨论他们的父辈卷入纳粹的事，但他们不想知道，他们自己政治化的行为方式并不是无可指责的。

格:如果您回忆一下那些年,像"不要相信三十岁以上的人"这样愚蠢的口号蔓延的时候,它诱使我们那一代人再次穿上短裤,实际上,这是非常可笑的。如《局部麻醉》描写了一位出版社举办的聚会,人们戴着印有卡斯特罗的帽子到处走动,互相用假革命的行话进行交谈,这个场景比滑稽戏剧有过之无不及,但却是那个时代的典型特征。

齐:您多次强调了理想主义:百分之百的愿望,要么全要,要么什么也不要。

格:总是这一套:令人欢欣鼓舞的膨胀,迅速地、令人心灰意冷地坠落,这是我们直到今天仍每天都在经历的精神状态。德国的理想主义是落入玩世不恭的绝妙的开始。

齐:除了费希特以外,您还为德国的理想主义查明了一位鼻祖,那就是黑格尔。您认为,统治合法化以及所有大的意识形态都是他提出的。那些年,黑格尔通过批判理论、通过阿多诺、恩斯特·布洛赫得到了介绍。您是怎样接触这些思想的?您在批判理论中注意到谁以及什么思想呢?我知道,您跟阿多诺的争论产生了很大的影响,但这并不意味着您立刻就要批判黑格尔。

格:只要出现在书上或小册子里的东西我都看过,但我不觉得这些思想对我有多重要。我年轻的时候,加缪对我的影响更大。至于阿多诺,他曾经下过这样的决断:在奥斯维辛之后去写诗是野蛮的行为。我认为,在奥斯维辛之后去写并不真正了解奥斯维辛的诗才是灾难性的,不过,这是另外一码事,于是我写了。

1968年我不得不惊骇地看到——我已经说过——那些曾经是虔诚的阿多诺的追随者是怎样在书展上折磨这位老人的。他为此死去,几个月后,他去世了,如果博托·施特劳斯(Botho Strauß)今天谈起此事,他会说,就算没有启蒙,没有阿多诺一切照样运转,这是典型的带有时代特色地走到另一个极端,走向不可思议的理想主义的模式,有时甚至是渗入骨子里的极端。我远离这样的极端,因为它不适合我,我对它很陌生,因为它太多地潜伏在抽象的东西中,依靠经验的东西太少。在黑格尔的文章中我就开始有这样的感觉,那些文章中在出现直接的经验之前就存在的预先设立的理念太多了。

齐:您当时在对学生运动的批评中走得很远,您指责它是一种戴着左翼面具的一种对文明的敌视,是一种被掩饰的尼采主义,追求对一切价值观的重新评价。左翼的意识加上右翼的对尼采的接受,这种结合我认为很值得注意。它后来的影响非常深远,甚至影响到玩世不恭的理性理论。令人惊讶的是,这一点您很早就感知到了。

格:我当时跟很多人都进行过热烈的讨论,如与柏林理工大学的约翰内斯·阿格诺利教授,他毫无保留地认为,资本主义导致法西斯主义。这是一个很有趣的活动,很多人今天还记得。我说,资本主义可能会导致法西斯主义,这一点是肯定的,但社会主义也可能会导致法西斯主义。因为阿格诺利是著名的墨索里尼的研究者,我相信我碰上了一个知识渊博的讨论伙伴。但他却不愿意承认,他的研究对象墨索里尼是早期意大利社会主义的极左代表人物,是"前进"组织的头目,青年组织的主席,后来成了一个法西斯主义者。总之,我认为,意大利法西斯党的七个或者九个成员以前都是社会主义者。我并不想以此来攻击社会主义,而是想表明,不管什么党都可能导致法西斯主义。我的一番话在大厅里引起了惊呼。我并没有从根本上去怀疑这个确凿的论断:资本主义导致法西斯主义,但我使这个论断具有相对性,这一点让人无法容忍。

齐:您当时担心学生运动可能会引起一场内战,今天您还有这样的担心吗?

格:我应该没有说过这样的话,因为随着学生运动被某些社会主义德国联盟的上层人物以及施普林格报系的利用,煽动内战成了相互的一种交易。这些党团的立场完全不同,他们千方百计地彼此利用。

齐:当时您就对学生中的极端分子作出了明确的区分。

格:我当时,还有后来都跟学生合作过,他们参加了抗议活动,不愿继续走向极端的议会外反对派的道路,您看,当时的学生运动后来瓦解为纯粹的共产主义小团体和恐怖主义。学生运动中最极端的部分成员发展为恐怖主义,我当时认为是可能的,我也预见到了这一点,因为从口头的到真正行动的恐怖主义只有几步之遥。

齐:您曾经用这样的词总结了学生运动中过激行为的惯用伎俩:"毁灭、揭露、改变信仰、摧毁、废除、改造"。显然这是针对准备采取恐怖行为的那些党团的。

格:当然。

齐:此外,您还对当时的青年面临的问题作出了深思熟虑的分析,而这一点今天几乎快被人遗忘了。您说,在当时的情况下,青年是"无助"的,人们对他们置之不理,他们面临着"抽象"的政治化,因为他们没有融入社会。就这一点而言,您并不对学生运动感到惊讶,就像在《局部麻醉》中所证明的那样。

格:正好相反,我等待着,在高校终于有所行动的那天,但这是鉴于联邦德国的真实状况和我们可以改变的东西来考虑的。

齐:我这样说是因为,在左翼对《局部麻醉》的评论中,他们当时给您扣上这样的头衔,如精疲力竭的、狭隘的怀疑主义,装腔作势的自由主义、不愿坦白自己是真正的"左派"。

格:他们说得对:我是一个怀疑论者,我希望能保持自由的美德。遗憾的是,我们今天在德国没有一个党真正地代表自由主义,因为自诩自由主义的自民党是一个经济利益集团,当时,他们就已经是这样了。公民的、自由主义的自由来自启蒙,为了自由人们奋斗了几十年乃至几百年。突然我看见了列宁的宣传画,听到了模仿的阶级斗争的声音,我在列宁的手上发现了弗莱斯勒①的手指。这些都是很危险的,遗憾的是这些都被我不幸言中。

齐:您当时曾经说过,学生们之所以在寻找新的神话,是因为他们不愿加入或者不能加入现有的思潮,如正在向左靠拢的社民党,您对"进步中的静止"这一概念产生了很大的影响。您认为,因为进步只能缓慢地发展,进步不是速度的问题,所以人们发现不了在静止状态中也有像进步这样的东西存在。是否可以说,我们谈到的这三部作品《局部麻醉》《蜗牛日记》以及《大脑产儿》都是以对情景的描写以及对话的方式描写了这种缓慢向前的静止状态?

格:《从进步中的静止谈起》是一篇关于丢勒的铜版画《忧郁 I》的杂文,在《蜗牛日记》的末尾可以找到。在这部作品中我同时尝试了多种新的东西,尝试了全新的叙述方式,这本书是我写作的一个决定性的转折点,这样,我后来创作了《比目鱼》和《相聚在特尔格特》,之后开始用完全不同的方式来处理时间。我现在谈一下我一个失败的计划,我本打算完成海涅留下的未完之作《巴赫拉赫

---

① 弗莱斯勒(1893—1945),纳粹德国法官,曾任德国司法部秘书和人民法院院长。

忧郁 〔德〕丢勒 绘

的拉比》(*Der Rabbi von Bacherach*)。但我的打算失败了，因为法兰克福不是我的家乡，我对它不够熟悉。但我熟悉别的东西，所以我带着但泽被毁坏的犹太教堂的历史回到了但泽。1969年，当我为了竞选不断奔波，同时又要为在纽伦堡的丢勒年要作的报告做准备的时候，我开始了这个怀疑博士的故事。

丢勒的铜版画《忧郁I》从四角的位置，也就是这四个元素来看，还完全是中世纪的东西，但在画的中间却堆积了进步的元素：如测量工具，完全是文艺复兴、觉醒的公民意识、新的世界观、经院哲学终结的证明。在一堆进步的垃圾中坐着手里拿着圆规的忧郁女神。我认为，这幅画非常形象。我把它与现在、与极左或极右分子所宣扬的积极的世界联系起来。与美国思想快乐的信条以及僵化的左翼进步的信条相反，我试着把忧郁看作人类的一种正常状态，把它看作是在进步的过程中会突然闯入的不速之客，这曾是我提出的讨论，但在很大程度上落空了。

齐：为人类学发展提供可能的讨论在当时几乎不存在，因为人们只相信历史哲学的反思。在所有感官与精神放纵的六七十年代，人们的确没有考虑到完整的人以及人在历史、社会和政治中的灾难。

格：也许这是原因之一。但人们本该有信心照照镜子，相信自己能在许许多多进步与胜利的口号中，在革命的理论中发现自己的忧郁。如果我们今天需要总结的话，那我们不得不说，大学生与中学生运动——这确实是一场人民运动，矛盾在每个家庭上演——在很大程度上改变了社会，绝大部分的改变是积极的。只是运动的代言人有完全不同的目标，即革命，因此他们感觉不到他们努力取得的成功。他们在失望之余回到玩世不恭，因为革命并未出现，这就是今天他们中的许多人从右翼出发为自己辩护，变得极为保守甚至守旧的原因。

齐:这也是为什么没有重要的关于学生运动的文学作品的原因。

格:这场大型的、改变了社会的运动在文学中没有得到足够的反应,只有极个别的例外,如 F. C. 德流斯(Delius)。或者有些在很大程度上与自己相关的作品,如在学生运动中自己的成长,这些作品部分很有说服力,但却没有形成一股力量。

齐:再回到这个问题:从今天的角度来看,学生运动给我们留下了什么?您曾经说过,许多社会和文化改变成为可能。也许这次学生运动只是一种联邦德国文化的现代化,它必须,也愿意使自己达到西欧资本主义社会的水平?

格:我们当时面临的情况与今天类似,遇到了巨大的改革障碍,就民主意义上讲,最后不得不导致政府更迭,而不是出现革命。这一点很难达到。然而,如果能规划出一个绝妙的目标的话,我们喜欢绕过更难的东西。政府更迭出现了,更迭中最幸福的时刻是把一部分对渐渐接近尾声的学生运动感到失望的一代人纳入社会进程,这当然是维利·勃兰特、卡尔·席勒以及古斯塔夫·海涅曼的功劳。他们多次被学生抬起,他们参加了学生的抗议,这是我在组建选民倡议中经历的。选民倡议解散后成立了公民倡议,这是绿党的源头。这是一个意义深远的过程,直到今天我们还很怀念。您只要看看丰富多彩的绿党就知道了。学生的代言人中,除了丹尼尔·科恩-本迪特外,还剩下谁呢?至于科恩-本迪特,他经历了一次真正的转变,当时这并不是我的观点。他与德国和法国都有关系,也许这对他很有好处:他不像大多数人那样变得狭隘与随意。

齐:如果我们要问这次学生运动带来的影响与后果,那我们就要深入这次运动的媒体配置。您的小说《局部麻醉》的全部叙述结构受到了媒体的启发,尤其是当时最先进的媒体——电视。这部小说展现了,社会投影与思想是怎样完成的,是怎样把真实的非真实化搬到媒体中的。就这一点而言,这部作品走到了时代的前面,因为学生们几乎没看出他们有条件在电视镜头前发泄愤怒。

格:尽管当时人们已经总是把本雅明挂在嘴上,但其中的后果却未被认识到。

齐:您曾谈到过学生们的"上镜姿态",并且预测说,他们的文化力量以及目标在某个时候会在这种公共活动中毁于一旦。这也许是学生运动在过渡到具体的改革运动中,如与社民党和工会相比,不堪一击的原因吗?

格:一开始,某些影响还是可能的,后来在赫尔穆特·施密特的领导下就完全销声匿迹了,因为从工会也出现了一股保守的抵制因素。最后社民党也不愿再扩大自己的工作领域,使改革运动不仅能找到一个避难所,而且还能产生影响。

齐:当时,您抱怨说,您虽然写了《局部麻醉》,但却无法向学生展示"从理智出发的行为的荒诞性",也就是启蒙的两面性,启蒙的两面恰好体现在学生身上。我记得,我看过您的一篇讲稿,您在讲稿中谈到,正是媒体的发展可能导致把理性从社会中赶走。一切都将消失在夸夸其谈、绝对的是与非、非真实化的仪式中,公民的政治力量可能再也找不到自我。我想指出的是,您很早就在写作中表现出您的担忧,我们在全球化中面临的这种媒体系统单靠它的系统结构也许就会成为启蒙与社会解放的一个很大的危险。

格:这种夸夸其谈早就开始了,当人们接纳了来自美国的群体圈内讨论,把它作为公共讨论形式的时候就开始了。首先,主持人是谈话的中心,他的任务是,打断讨论的矛盾高潮,讨论最后无果而终,然后还被人误解为是一个民主的过程。我一直主张回到以前的讨论方式,回到辩论中:两种对立的观点,中间也许再来一个裁判,这样他们才真正唇枪舌剑,而不能向对方扔墨水瓶,但裁判必须让他们明确表达自己的观点。可惜我的主张并不成功。我们从群体圈内讨论开始,现在到了脱口秀的阶段,把一切都统一到平庸的日常琐事中,并为此喋喋不休。我们充其量在为娱乐业做贡献。

齐:您当时说过,媒体可能会在很大程度上脱离社会与文化过程而独成一体,这样我们无法再对它进行理性的控制,它会成为类似"宗教创始人"一样的东西。在今天以互联网为基础的全球媒体系统中,您的预言已经兑现了吗?

格:其前提条件在六十年代就已经奠定了。当时的施普林格康采恩用残酷的方式传播图片,他们把人们当时的情感集中,再为它找到特有的基调,然后以图片的形式传播,不管是煽动重新实行死刑的运动中还是反对"学生暴徒"中,他们都是采用这样的方法来煽风点火。媒体发展的本质标志当时就是这样的。然而,在这些年娱乐世界宣扬的表面的宁静祥和已经开始越来越广地传播,它今天控制了对此毫无警惕、真实代用品的媒体。从根本上讲,当时一切都准备就绪,我们可以从中预见未来,就像《局部麻醉》中所描写的那样。

我们现在来谈施普林格。当然也有相反的情况,在某种程度上对我构成威胁或者说至少让我很尴尬。在慕尼黑的小剧场应该上演沃尔夫·比尔曼的《龙、龙》,这是根据俄罗斯的一个剧本改变的杀龙人的剧,海纳·基普哈德为艺术总监。节目单上要刊登一篇文章,文章逐字逐句照搬原来的童话剧本,我们社会的龙的画像——要杀的对象——以护照照片的大小刊登在上面。弗朗茨-约瑟夫·施特劳斯、红衣主教多普夫讷、市长福格尔作为我们联邦共和国的龙被刊登在上面。我在《南德意志报》上写了两篇文章,对此提出抗议。一篇文章的标题叫《黑名单》,我在这篇文章中对这种暗地里让人参与谋杀的危险进行了警告,我不想把它只作为简单的游戏来理解。批评取得了相对的成功,这篇文章被从节目单中撤回。

正是这次抗议使我不得不经历一件令人不快的事:这是当我和夫人一起在柏林想观看《皮尔·金特》演出的时候发生的。剧院舞台的演出场地一直延伸到观众席,上面不仅有演员,还有更衣室的工作人员、照明工人和其他一切与演出有关的东西。彼得·施泰因也同样在场。迪特·拉瑟,一个演员,朗读了一篇事先写好的文章,他要求观众注意,剧场里坐着作家君特·格拉斯,他出卖了我们的"同志"基普哈德。我被要求立刻离开剧场,剧场里为此爆发出热烈的掌声。然而他们没有料到,我并不会一言不发地接受这样的待遇。在他们离开舞台之前,我站起来发言。我提醒在座的所有人,类似的事:要求观众离开剧场最后一次是发生在1933年的柏林,我买了票,现在正期盼着《皮尔·金特》的演出开始。又是一阵热烈的掌声,来自同样的人群。整件事都很奇怪,即奇怪又尴尬,对那些所有的参与者都很尴尬。多年以后我与剧团的一些成员进行了交谈,个别人为当时的行为向我道歉。这是那个时代典型的特征,就连一个小小的节目单也被用来进行一场真正的攻讦,而对此的批评被看作是对同志的出卖,用在公共场所的表演以及所有一切我们从最糟糕的时代熟悉的舞台的力量来进行攻讦,这是那个时代的典型特征。

齐:用媒体进行攻讦,但观众的不成熟也是一个很重要的方面。我引用一下《局部麻醉》中高级中学教师的话:"在一个全球的学习过程中,人们会利用媒体把学生的身份延伸到白发老翁的年纪。"媒体使人幼稚,它阻碍人,尤其是年轻人,进入真实的状态。您的小说人物奥斯卡也在类似的圈子里转悠,尤其是在《母鼠》中,他成了媒体经理,成了未来的制造者。

格:奥斯卡·马策拉特一直在与媒体打交道。这种发展在他身上是显而易见的。早在《铁皮鼓》中,他使自己满足市场需求的过程中就开始了把铁皮鼓作为进入市场的工具。在《母鼠》中,他六十岁了,随着时间的流逝,新的媒体在酝酿中,他当然天生就是这块料,他不仅进入这个行业,而且还想出推动行业发展的主意。

齐:就像您所写的那样,《蜗牛日记》是"个人笔记"。我认为这一说法格外亲切,因为它让人联想到利希滕贝格这位18世纪启蒙时代聪明的小矮人,也联想到对虚拟的叙述方式、其他不同的叙述方式、叙述角度以及对要求真实的叙述方式的尝试。在这本"个人笔记"中出现了有妻子和孩子的君特·格拉斯的私人生活。为什么恰恰在这本书中像自我表白一样,贴近个人的生活呢?

格:把作者作为第一人称来叙述的决定也许可以用我要完成的题材来解释。此外,在叙述过程中偶尔把作者"我"又变成一个虚构的形象,这对我很有吸引力。

我们当时的联邦总理是库尔特-格奥尔格·基辛格,他曾经是老纳粹党员,并曾担任要职,我有妻子和四个孩子,当时长时间都在为竞选奔波。避开我的小说不谈,我不得不向我的孩子们解释,我为什么总不在家。我得用简单易懂的话告诉他们,我为什么要参与竞选的工作,当然这很困难。这部小说正好反映了当时的情况。我的小儿子布鲁诺在很长时间里都猜想,我会在那儿杀死一条白鲸,这是对我的竞选活动荒诞,但很美,也很有诗意的设想。这是一方面。此外,由于我写作之外繁忙的工作,由于不断提高的声望和增加的负担,安娜和我的关系突然出现了裂痕,我们的关系是学生时代开始的。我们的夫妻关系出现了滑坡,我们不断疏远对方,但还没预料到不久以后出现的婚姻的破裂。这种相互变得陌生、彼此疏远在《蜗牛日记》中有不太引人注目、不经意的流露。

齐:另一方面,启蒙的难题以及您对启蒙的接受当然也在书中起到很重要的作用。您并非偶然地称联邦德国的那些年为"趋向成熟"的时代。也许这是对勃兰特执政时期的展望,对终于能在德国的政治方面有所建树的社会民主党的希望吗?

格:我第一次把诗歌融入文本中,例如我给我的儿子弗朗茨的诗。我在诗中提醒他,他曾经失去过希望,现在又到了真正做点什么的时候了——一个西西弗斯的话题。因为在1968年竞选的前夜,捷克被占领,我利用这个机会对我的孩子们提出警告,要小心绝对的理念。这当然也是一个启蒙的时刻,我信守的教育的时刻。

齐:此外,我把您在《蜗牛日记》中表现出来的几乎是温柔地对利希腾贝格的接近看作是后来对奥斯卡的献礼。这部作品讲述了高级中学教师赫尔曼·奥托的一生。他为但泽的犹太教会工作。您把他描写为一个"衰弱的家伙","心外杂音严重,肺部有病",这使我联想到利希腾贝格和奥斯卡的混合体,尽管他们的精神面貌有很大的不同。赫尔曼·奥托被称为怀疑博士,他也是叔本华协会的第二秘书,也就是说,利希腾贝格的东西在逐渐接近叔本华的怀疑论。我认为,您要在这本书中探讨一切与被仪式化的、虚弱无力的启蒙相关的内涵,您想在具体的分析中去表现启蒙的思想。

格:我也想扩大启蒙的思想。我并不愿离开理性,但要把它从理性的羁绊中解放出来,目的是重新注入幻想、对生活的接近与经验的元素。这是我的尝试:用启蒙的方法来启蒙理性。

齐:蜗牛的象征、对缓慢以及有机体系的辩护,您要解剖出其中的内在联系,我们之后还要谈到君特·格拉斯的动物以及自然的东西。蜗牛,对您来说有什么涵义呢?

格:我写这本书是在人们认为可以培育出飞跃的蜗牛——也就是应该为"革命"说话——这段时期之后。根据我的看法和经验,尽管人们可以飞跃,我们在本世纪的历史中曾多次经历过,但被飞跃的时期却仍停留在原地,他们并没有加快步伐,它们只是缓慢向前推进,然后我们就经历被称为"反革命"的东西。因此我发明了蜗牛的比喻,并把人们想象中的迅速、大干特干的前进与对蜗牛的想象联系起来。

今天我不得不改正自己的看法,因为事实表明,蜗牛已经超过了我们,我们一瘸一拐地跟在它后面,我们引起的、推动的、招惹的技术发展过程已经脱离我们的控制,我们在任何方面,直至立法都无法应付这个被加速的蜗牛进程。当然这是一个灾难性的发现,因为我们该怎样用我们的三心二意去对付对生态的破坏过程,怎样去应对缓慢的民主进程?立法者该怎样应对还停留在19世纪的公民法?该怎样制定适合媒体市场发展的新著作权法?如果不弥补我们在八十年代错失的种种良机,在整个科尔时代错失的种种改革,那这一切都是不可能的。

我想,这是我们还面临的很大的困难。我们在没有足够的民主基础的前提下为一个欧洲作出广泛决议,各个国家还没接近这一被加速的过程,就在布鲁塞尔、斯特拉斯堡与卢森堡间建立一个游戏一样的议会。这可能导致新形式的经济独裁——假如我们在不久的将来经历一次与切尔诺贝利类似的核灾难的话,这种可能并不是没有的——导致生态与生态独裁的混合形式,就像沃尔夫冈·哈里希当时描绘的斯大林主义的征兆一样。我有这样的担心,因为我没有能力去纠正在发展过程中认识到的错误。对认识到的错误不进行纠正导致了苏联的崩溃,我们现在处在一个类似的发展过程中。

齐:这是蜗牛广泛的历史涵义。还有别的方面:蜗牛也是反对历史哲学教义、反对整体与体系的证人,您一直坚持这点。您认为,"整体"绝不能被人体验到,只是猜测,充其量通过经验能达到部分认知,因此我们不能寄过高的希望以摆脱日常生活的负担以及把夸张的乌托邦寄希望于此。格拉斯先生,这至少是一个矛盾的地方,与您对启蒙的要求不相符,因为您曾经说过,启蒙需要未来,至少需要部分乌托邦,也许是具体的乌托邦。

格:这些是我预计的过程,但其结局是我们无法预计的,也根本不是我们能期望的,我希望不要出现停止状态。西西弗斯说,我不希望石头在上面待着,它必须被继续推动,它是属于我的,它属于这样的运动状态。这一看法我认为更切合实际。我们只能经历整体中最微小的部分。如果在税收与养老金体制方面进行长期的、迟到的改革的话,那它会消除不公正,但在别的地方又出现了新的不公,在社会福利网的其他方面又会撕开漏洞。在社会福利与政治体制中导致相反的反应,最终阻碍本是好的、理智的、公正的意图,几乎把它推向反面。这样我们又必须再次着手改革。

齐:也就是说,您并不反对可以引导行动、刺激行动的社会目标吗?没有目标的话,那文化与政治力量就会失去方向与意义。

格:我们并不缺少目标,只是没有实现。即使我们现在来看法国大革命的要求:自由、平等、博爱,那我们离实现这些目标还有很远的距离。或者您看看欧洲工人运动互助的原则。完全取消这一原则并厚颜无耻地认为这是时髦的、符合时代精神的,就这点而言,我们比任何时候离这一目标的实现都要远。我们并不缺少对目标的制定。假如我是基督徒的话——我并不信教——那把耶稣在山上对门徒的教训作为目标就足够了。只是事实并非如此,教会也是这样。我们不需要发明新的目标,而是必须努力去认真对待流传下来的要求,赋予它们新的内容。当然,今天互助的意义有别于19世纪反社会主义非常法的时代。

齐:您在七十与八十年代曾谈到"理性的神话"。您认为,理性在技术、官僚制度以及理性主义方面的潜力完全被高估了,理性成了行为的唯一准则。

格:这种现象早就有了。早在18世纪启蒙的过程中就已经把理性神化了,以至于人们在法国为理性修建神庙。这种迹象很早就开始了。

齐:您在《母鼠》中为反对被神化的理性找到了一副很漂亮的图画:在森林里迷路。亨塞尔与格莱特尔在森林里走丢,这是一种非常规的、不符合标准的、流浪的、寻找的以及带有悬念的结尾模式。

格:也是一种无用的模式。在纽伦堡举行的社民党党代会进行了一天的理性讨论与通过各种计划后,我在酒店大厅喝葡萄酒时碰见了卡罗·施密特。他向我招手,要我跟他聊聊。他若有所思地说:我在党代会上坐了一整天,讨论了教育政策、综合学校以及其他要讨论的事,这些东西都是对的,我也对这些或者那些投了我的赞成票,但这天结束的时候我问自己,未来谁会来讲授,来学习这些无用的东西呢?他的意思是,我们今天对所有一切与目标无关的知识不屑一顾,认为它们只是一种干扰,不应该在课堂上讲这些东西,因为它们妨碍我们有目的的努力以及效率。老卡罗·施密特的这番话引起了我的深思。

齐:您自己曾经说过,没有"看不透"的秘密就没有启蒙。这也是您的创作接近童话、神话与传说的原因吗?

格:人们必须接纳所有这一切。我再回到蒙田,因为他认识到后来被污蔑为非理性的东西是人的一部分,并去尊重它。蒙田尽管反对寓言、中世纪的迷信直至经院哲学的统治地位,但他一直就懂得这一切都是人的一部分。

齐：那在何种程度上文学是"启蒙不成器的孩子"呢？请允许我再次引用您的话。

格：如果文学只遵循启蒙的要求，那它就会变得很无聊。这样的例子有很多。但如果文学能回到启蒙的源头，那它就会像寓言一样，充满想象，那它就会把叙述带入写作过程，必要时把富有创造力的谎言解释为叙述的原则与前提，然后它就会在不断变换的风格中去尝试。令人信服的谎言是一种技巧、一种手艺，是作家的一种艺术才能。所有这些在一个狭隘的启蒙方案中是找不到的。

齐：童话、神话与传说是某种我们道听途说的东西呢，还是我们身上具有的探求源头与意义的需要？

格：是我们自身的需要，同时也是真实的另一种表达方式。对我来说，童话是完全真实的。我们从19世纪到20世纪通过叙述技巧的继续发展——一些人认为是进步，我更愿意称之为继续发展——从乔伊斯与普鲁斯特学到了，除了能听得见的对话与独白外，还有内心独白。从画家布拉克（Braque）、毕加索、胡安·格里斯（Juan Gris）那儿我们接受了适合我们的立体观察。我们真实的概念因现代派而扩展了。那为什么童话、传说与寓言不能作为我们真实的一部分而在此有一席之地呢？

齐：您确信您在这方面没骑上赫尔德或者浪漫派的马？

格：为什么不呢？我甘愿骑上赫尔德的马。如果我们设想马背上的世界精神的话，那我更愿意骑上赫尔德的马，而不是黑格尔的。

齐：我们曾谈到《局部麻醉》与《蜗牛日记》中预测的成分。您用君特·格拉斯"无信仰的开朗的悲观主义"作出了所有的这些成绩，您要发明怀疑,但却不抱解脱的希望。我们应该再谈一下您身上基督教的成分,或者说基督教对您远距离的影响,尤其是您疲惫的天主教信条。您在此之前说过,基督教爱的伦理您觉得最感亲近。您对基督教传统感到疲惫的过程是怎样发生的?

格: 在但泽,我母亲对我的影响很大。我在一个散居着相当多天主教徒的教区中长大。我父亲是新教徒,但在这样混合教派的婚姻中,普遍都是母亲的教派具有决定意义,因此天主教的成分对我有很大的影响。到十二岁或者十三岁以前,我很可能是教徒。但在我后来退出天主教以前,宗教就慢慢在我身上失去了影响。在所有对教会的批评中我认为尤其在罗马语系国家天主教有某种异教的、感性的东西。

政治动机才使我转变思想。那是在要求修改第218条的法律条文的时候,要求修改立法把堕胎的诊所从犯罪的罪名中解放出来,也就是不要把自己再装扮成天使,而只有那些有钱人才能去荷兰或者别的地方堕胎。天主教会把堕胎与安乐死和纳粹时代等同,以此来污蔑这次改革运动。对此我的忍耐到了极限,我1974年退出教会,但我并不认为我是一个无神论者,因为对我来说,无神论又是一个信仰,只不过颠倒了一下。我没有信仰也是可以的。但我当然不能否认,我们周围的整个世界,不管是赞成还是反对基督教,都受到基督教传统、被基督教训练有素的行为方式的影响,甚至我们的语言、我们的俗语。我认识到这点,它也进入了我的文学创作。

齐: 但对基督教思想的研究对您一直是一种反复的挑战。如在《铁皮鼓》中,人们是多么频繁地发现基督教的阻碍、奥斯卡与耶稣关系中亵渎上帝的讽刺;然后在《母鼠》中是对世界末日的改写。基督教的元素不断出现在您叙述的结构以及很多题材中。

格: 在"信仰"与"怀疑"这对矛盾中,一方以另一方为前提,反之亦然。像奥斯卡·马策拉特这样的第一人称的叙述必须对所有的东西挑刺,他也这样做了。在《猫与鼠》中有这样一种学生氛围,这是我只有在与异教有异曲同工之处的天主教中才能经历的:作为抽象概念的上帝很遥远,但贞洁的玛利亚却有一种感性的、渗透到青春期的触手可及的东西。因此,她在天主教青年,至少是男青年中起着重要作用。

齐:当然,如果我们把基督教与对启蒙的接受联系在一起的话,那基督教与理性传统的关系也总存在摩擦。18世纪,作为世俗化开始的年代,这与基督教信仰中形成的真空是分不开的,启蒙是一种填补空白的尝试,然而是世俗的,是用对尘世内部的道德化以及相应的幸福设想的展望来完成的。从一开始,这儿就有很多矛盾。信仰与怀疑密切相关,这是我们今天还在争论的观点。

格:当然也在讨论别的问题。就我和我的政治与社会活动而言,那就是对来世的拒绝。这就是说,我们现有的问题必须在此地,在此时着手解决。这些问题是我们招惹的,我们必须去面对。要是宗教与信仰意味着逃避现世,转移问题,那我就会表示反对。在欧洲哲学中很早就有对来世的批评,我认为,这在德国没有被足够重视。犹太人斯宾诺莎,他的父母从西班牙被驱逐到荷兰,他从自己的家庭传统知道,犹太人曾经是怎样生活,怎样被迫害的,西班牙的犹太人是怎样接受基督教,把它作为自己表面上的信仰,从而寄希望于来世的。他作了极端的转变,被驱逐出阿姆斯特丹的犹太教区。他决定选择现世,这一决定成了他全部哲学的基础,其影响远远超出了启蒙。

齐:三十多年来点燃您思想火花的摩擦点是否是基督教,至少是新教平衡了启蒙对感性的解放?

格:我再次回到蒙田。他为了支持宗教和平而留在天主教会,尽管他的思想在很大程度上更倾向胡格诺教徒。很有可能他的生活方式是使他忠实于原来信仰的原因之一,但他用自己早期启蒙的方式用生活去充实他的信仰。蒙田同样也缺少新教的元素,它导致绝对客观化,使我们失去了某些东西。

齐:您多次提到蒙田。刚才,我们谈到乌托邦与忧郁之间的关系,谈到启蒙这个概念对身体与幻想必要的满足。这是我在您对启蒙的接受中认为很明确、很重要的一方面。另一方面我们要再次谈到您的政治题材,涉及您很早就为两个德国,"一个"文化民族的辩护,这涉及"启蒙"与"民族"的联系。直到今天,您仍执着地坚持您政治—文化信仰中的这一部分。

格:在九十年代对我的观点的争论中,一些蠢货要把我描述成一个反对统一的人,他们一再忽视了,当我谈一个文化民族和德国统一的时候,这个话题还几乎找不到拥护者,人们已经甘愿接受直至文化领域的分裂了,这导致了双边封锁。您看看我们西部对布莱希特的封锁,以及东部的审查就知道了。双方互相导致事态恶化。之后,我们经历的四十年的分裂肯定是冷战造成的,冷战首先是占领国引发的。但从修建柏林墙开始直到最后,两个德国之间的一部分共同点一直在起作用。我谈到这点是因为,我一直认为,对纳粹暴行要负责的不仅是联邦德国,民主德国也是第三帝国的后继国家。但两个国家都认为,可以站在战胜国一边,利用冷战来偷偷摆脱罪责。就六十年代而言,有一点我们不应忘记:在驱散这一切的第一次尝试——五十年代也借助文学的帮助,文学在回忆,这是它的本质——落空以后,随着六十年代初对阿道夫·艾希曼的判决以及 1964 年的奥斯维辛审判,这一切又浮出水面。我们时不时听到有人宣告再次的零起点以及历史性的解释:这一切都是历史,都过去了。这些话几乎还没说出来,历史就又追赶上了我们,直至九十年代。您回想一下 1990 年:《法兰克福汇报》的文化副刊以及《时代报》是怎样再次宣布零起点的,谣传"思想意识的美学"已死亡,与它一起被埋葬的还有整个战后文学,它胆敢完全脱离美学,把道德作为内容,去完成回忆的工作。这些空话留下了什么呢?对此提出异议有时候是一个很艰难的过程,因为重复而让人觉得无聊,问题是,尽管时间很短暂,但坚持曾经相信的观点导致的结果是可怕的思考的停滞。

齐:因为是这样,让我们再次回到民族与启蒙、文化民族与国家的关系。您在此追溯到18世纪,但当时建立的国家并不是我们今天意义上的国家雏形。18世纪的爱国主义显然想要另外的形式,就它的民族概念来看,想建立一个政治意义上的国家并不是没有困难的,正如我们在德国的分裂中所经历的那样。那这是什么样的一种传统呢?与其说是国家利益至上,还不如说是唤起共同的道德传统?

格:在德国,我们要么把民族的概念看作是学者的事——这样,它也是保罗教堂讲话的一部分——,要么后来把它留给右翼,尽管"爱国主义"的概念来自左翼的传统,是针对诸侯的分裂主义、自私自利以及利己主义的,他们不允许公民与他们具有同等的地位。赫尔德意义上的以及乌兰德后来在保罗教堂提到的文化民族,当然与我们今天的概念完全不同,因为当时涉及的是德意志人。而在此期间,这个没有被定义的民族增加了大约七百万所谓的"外国人",对文化的理解也完全不同了,这些"外国人"有着完全不同的文化背景,但他们的孩子在这儿出生、长大,用一个词流行的词来说,就是"多元文化"。因此,文化民族的概念必须扩大它宽容的成分,不能把多元文化看作是对自己的苛求,而是一种补充。

与欧洲其他在很大程度上是中央集权的国家相比——如法国、西班牙和波兰也是这样在这些国家中,在首都形成了一个庞大的机构,其他各省分布在它周围——,德国因众多的诸侯国而形成了一笔丰厚的文化财富,导致了各地区的多样性,因社会的制约,不仅西部与东部德国人不同,而且巴伐利亚与下萨克森州也有很大的区别。

很可能巴伐利亚人与下萨克森人的区别比下萨克森人和梅克伦堡人的区别还要大得多,我们到处都看到历史上形成的自身的文化特点,如体现在语言以及方言中,只是我们看不见这笔巨大的财富。我们总是在其他领域去寻找并发现我们的财富,如军事领域,这给我们带来了灾难,在这个世纪经历可怕的失败,我们的邻居也不得不跟着受罪。联邦德国的宪法——只要它还是完好的,它曾经遭受重创——不是无缘无故这样规定的:文化主权在各州。这个规定应该保持下去,因为它有利于联邦制度。我认为还有可以改善的地方,那就是:我们应该超越各州框架,目前分散在各部的文化事务总括起来委任一个人来处理,如果不是部长的话,国务秘书也可以,不管是联邦总理府的,还是独立的都行,前提是不损害各州的文化主权。难以理解,为什么歌德学院的工作归外交部管。也难以理解,为什么由一个像肯特先生这样的内务部长来颁发电影奖。此外,还必须纠正经济领域的失误,改正对经济的过分强调,这需要欧洲范围内的合作,只有这样才能使文化领域在欧洲发挥更积极的作用。这是单个国家的权限无法完成的。

也就是说,文化民族要走出已经形成的联邦制的结构,发挥文化财富的多样性,这样我们也更容易理解东部联邦新州的德国人与西部德国人的区别。这并不意味着,我们赞成西部德国造成的社会不公,这是必须消除的。然而尽管这样,东部德国会变成另外的样子,它也有权这样做:在这四十多年中,它的经历跟我们完全不同。在统一中一个最大的错误是,用同样的方式一律要求剩下的一千六百万人向他们的过去说再见,要求他们适应西部的生活状况。这一灾难性的错误是导致重新出现分裂的原因之一。

在我们这个即将结束的世纪、在未来,在未来的欧洲开放中,我依然这样来理解来自赫尔德的"文化民族"的概念,从根本上来讲,赫尔德已经预先勾画出了欧洲开放的蓝图。

齐:18世纪的这些爱国主义者直至前三月的自由主义者都是中

央集权的拥护者。显然,他们想要一个覆盖全国的、统一的,但当然不是搞平均主义的,而是一个启蒙的、共和的立宪的国家体制。在这方面,您是一个联邦制的拥护者,您赞成地区的多样性,我想,这并不矛盾,因为统一与中央集权的国家并不意味着会自动产生独裁和错误的民族主义的行为。

格:是的。我只是提出警告,如果把首都迁往柏林的话,那至少有更多中央集权的趋势。我清楚地看到这个危险,我也清楚地看到,有人正为这个目的而努力。联邦总理荒唐地干涉各州的文化主权,他利用这一真空,作出了不符合民主原则的决定。我们必须对此再次保持警惕。

齐:还有一点,在《局部麻醉》与《蜗牛日记》中都很重要,从政治与国家的角度来看也很重要,那就是教育。《局部麻醉》与《蜗牛日记》不是毫无理由地安排与年轻人的讨论,您借此来探讨许多改革者在这些年中积累的经验,即社会与政治的变化,社会的人道主义化必须通过教育来完成,我们现在在往这个方向发展吗?

格:当然没有。我一如既往地赞成综合学校,因为更公正,开辟了更多受教育的机会。如果您回想一下就会发现,这个学校模式的支持者们是怎样用晦涩的教育术语不厌其烦地对它进行介绍的,以至于学生与家长最后什么都搞不懂了。然后,人们看到,这一切都产生了什么样的结果。在此期间,这种情况有所好转,但我认为,综合学校所提供的可能性,如跨学科教学、合并历史与德语,却几乎没有实施,或者说只是实施了很小一部分。

我认为还缺少一些东西,但我们那些看重成绩的专家肯定会对此嗤之以鼻。我认为把悠闲作为一门课程不失为明智之举。怎样学习悠闲呢?怎样教年轻人在安静的环境中一本书就足够了呢?从我的孩子和孙子们身上我看到,他们走进一个房间,按几个按钮,出现声音,我曾提出建议反对这种做法。对他们来说,一个人在一间安静的房间里待着的时候,很难摆脱充斥在他们周围的媒体以及它们提供的没完没了的节目。但他们必须重新学习退出媒体的包围、一个人独处、一个人看书,因为这是钻研的前提,因为我们都在遭受精力被分散之苦。我们今天拥有人类历史上从未有过的如此多的空闲时间,借用启蒙的一句话,我们必须问:我们怎样打发这些时间?我认为,教育界并没有提出任何建议。

齐:您在《大脑产儿》中描写了类似的情况。您把哈姆和朵特这两个主要人物放入"一方面—另一方面"的社会游戏中:他们不能采取"理性"的态度,他们要解决问题,要放弃,他们其实在寻找,怎样缓和问题,怎样从问题中解放出来。因此他们既不能解决问题,也不能把自己的想法具体付诸实施。《大脑产儿》中这样写道,他们学习的课程使他们变得"愚蠢",他们生活在"思想紧急状态"中。这是联邦德国早期的,首先是左翼的一个不良状况,还是普遍现象?

格:我想,应该是普遍现象。我只对那些理性的改革计划夸夸其谈的左翼感到愤慨。在德语课上,用整个冬天分析《法兰克福汇报》以及《图片报》的社评来取代整个冬天都在上歌德的《赫尔曼与多罗特娅》,这不叫改革。这意味着从一个极端走向另一个极端。把要处理的作品换了,但如果继续优先采用一种分析模式的话,那学生必然会试着从老师那儿听出"正确"的分析,以此来证明自己的分析。这也不叫改革,这是投机的教育,这样年轻学生大多有的天生的对阅读的爱好很早就被赶走了。

齐:当冷战越来越明显的时候,情况就更糟了。让我们再回到《大脑产儿》。在资本主义与共产主义这两种体制中,"愚蠢佯装理性",您曾经这样说,两种体制都越来越极端。为此君特·格拉斯发现了乔治·奥威尔的作品。在这些年,您越来越相信,20世纪的这两大占统治地位的意识形态与制度是可以沟通的，意识形态与政治体系是可以相互接近的。

格：对，因为这两种制度在冷战中有很多共同点。它们都信仰肤浅的物质主义，这一点毫无变化。一个制度废除后，另一个肤浅的物质主义当然还占统治地位，它在整个东欧的解放过程中首先看到的是市场的扩大。别的方面，如民主权利等是后补。人们甚至对俄罗斯是否遵循民主自由、新闻自由无动于衷。所有这些都退居第二位，只要市场能顺利扩大就够了。

齐：不管是历史上，还是现在，民主社会从内部都对付不了那些在它周围叫嚣的东西。我认为，这是您七十年代与八十年代早期作品的一个看法。叫嚣的意识形态战胜民主制度中改革与自决的力量。可以这样看吗？

格：在我的叙事创作中，我总是把社会描述成某种不清晰的、不明了的，不可能是这样，也不应该是这样的东西。我们今天社会中的一部分人有足够的经济能力得到一切，他们生活在下个世纪的技术水平。我们还有一大部分人，他们的行为方式还停留在 19 世纪的状态。就物质基础而言，我们有一大笔可继承的财富，这本身就导致社会的变化，因为继承遗产的阶层实际上不工作也是没有问题的。我们还有越来越广的一个阶层，他们既没有工作，也没有稳定的居所，他们或者现在已经处在贫困状态，或者正接近这个状态。甚至中产阶级中也存在不安全感。在这种状况下，我们并没有采取任何重大的举措，尽管我们有许多办法来平衡这种不公正。比如，可以对继承的财产征收明显的税额，这样，一方面可以限制预计会出现的受益阶层或寄生阶层；另一方面，可以把这笔税收用于其他领域，从文化到社会领域。这些重要的举措都没有采用，这会导致继续停滞不前。我们拭目以待，新政府在何种程度上愿意，或者有能力哪怕只是着手解决部分问题。

齐:不管怎样,您在七十年代的德国就已经看到了"对各方许下虚假诺言的舆论的传播者"。这就是说,您已经观察到这些掌握了策划公众舆论技术的媒体。当时您已经看到了政治与文化讨论中的分歧,政治对社会价值观的封锁,正是这种封锁导致了您描写的今天社会的不公吗?

格:我觉得,尤其是八十年代是瘫痪的一个年代,当时,这种发展趋势越演越烈,直到现在,九十年代末。我们将不得不把科尔时代看作是长期的停滞状态。但这一趋势在七十年代赫尔穆特·施密特时期就已经表现出来了。然后绿党带来了些生气,不管怎样,绿党初期是这样的。绿党真正的发明者是赫尔穆特·施密特,他不允许在社民党内有这样的氛围,这就为一个新党的成立打下了基础。绿党在此期间也有些年岁了,它也表现出元气被消耗的状态,甚至出现了巧妙绕过重大社会问题的苗头。尽管绿党带来了生气,但总的来讲,损失毕竟还是存在的。绿党在头几年几乎不被议会承认,被排斥在各种委员会之外,而现在它已经稳定下来,现在终于到了它与其他党派一起承担政治责任的时候了,这样,它可以把相对还没有被损耗的力量投入工作中。太多东西被搁置,比我们在谈话中提到的要多得多。

五 文明的躯体

——进入现代意义本质的童话之旅

齐:"瘫痪"的八十年代也是后结构主义、后现代、批判启蒙的温床。除了您自己外,在这些年中,还有其他逆潮流的文学吗?文学在这方面有足够的生命力吗?

格:您知道吗,这种游戏般的以及虚构的东西,今天我们称之为解构和文章的相关性,这些元素我们在早期的流浪汉小说直至当代小说中都可以找到。这些概念早就有了。但我至今仍不知道,这些后现代的变种,其目的应该是什么。

齐:再回到文学。八十年代在文学中有相反的例子吗?

格:我谈到的以及我欣赏的作家,他们都没有遵循后现代的空话。萨尔曼·拉什迪或者南美作家以及我的文学创作都没有染上这些毛病。他们就是真正的逆潮流的力量。

齐:文学在这一时期比文化、社会学或者说哲学更有抵抗力吗?

格:在年轻的一代人中肯定有一大批作家追随后现代的潮流,但荒诞的是,德语文学中文学的推动力依然来自五十年代末、六十年代初初露锋芒的那一代人,尽管人们不愿公开承认。不管是马丁·瓦尔泽、汉斯-马格努斯·恩岑斯贝格、彼得·吕姆考夫还是克里斯塔·沃尔夫或者我,我们即将迈入老龄门槛的这一代仍一如既往地在引领文学。我认为,这并不是好现象。

齐: 与《大脑产儿》和《局部麻醉》一样,《蜗牛日记》的确也是一部轻松愉快的作品,评论界经常忽视这点而误以为这些书都有说教的口吻,您打算在"变化无常"的《蜗牛日记》中写一本叙述性的食谱。您当时是怎样考虑的,这个最初的想法是怎样付诸实施的?

格: 这是竞选途中的小憩:竞选意味着每天都是政治语言,短期和中期调整开采煤炭法以及类似这样像绦虫一样长的复合词,这时我萌发了一个愿望,再全身心投入语言,在我面前堆砌一堆写作材料。为了准备一个饮食故事,我速写了这本叙述性的食谱,但不只应是关于吃的,也应该涉及饥饿、富裕与缺吃少穿。在我眼前浮现出九到十一个女厨师的形象,我猜想她们潜伏在我身上,她们生活在不同的时代,我要让她们说话。

但这个打算只停留在速写上,我还在忙于竞选,不只是1969年的大选,还有不同的各州的选举,而且三年以后,在对勃兰特的不信任案失败后的联邦议院大选以及再次的"赞成勃兰特公民行动"中,我扩展了已经存在的选民倡议,我又是几个星期都在东奔西走。选举取得了成功之后我才认为:从公民的角度和义务来看,我现在已经做得足够多了。以一次口号为《火车头必须回到停车场》的讲演,我告别了我的公民倡议,因为我发现,我三四年没有画过画了。写作还在进行。后来成了《蜗牛日记》的笔记在或短或长的间歇后可以在工作间隙做,我不想说,附带去做。但对画画来说,太喧闹了。

我自己安排的安宁还没开始,我又开始了画画,先是《蜗牛日记》中的情节,也就是画蜗牛和第一批铜版画。1972年我开始在柏林的一个工作室里加工铜版:蚀刻法、干刻法,后来是金属版蚀镂法,最后一次是我在读艺术学院期间做的,之后很多年都是我的一个项目。在绘画过程中,我逐渐越过蜗牛接近了比目鱼,与往常一样,用画标出边界。诗歌出来了，初期还出现了纲领性的诗歌，如《我在写什么》，在这首诗中，全部题材都用格律表现出来。很快，在第二次笔记中我就发现，这次我将把诗带入完整的叙述中。

我迄今为止发表了三部诗集：1956年《风信鸡的优点》，1960年《三角轨道》，1967年《追问》（Ausgefragt），与往常一样，诗歌好像被囚禁在自己的小册子里，不得不忍受读者对自己的恐惧。这使我想起了巴洛克文学，在浪漫派中也有这样的情况：人们把诗歌放到散文中，这样诗歌和散文的区别更为明显，但却感觉不到它们是分离的。如果说在《蜗牛日记》中诗歌的出现只是一种尝试的话，那《比目鱼》中，诗歌则是一个很重要的风格。在后来的小说《母鼠》中，我继续采用了这样的做法。

齐：这种叙述文学与诗歌的结合使当时的评论界怀疑您在浪漫主义的原野中游荡。

格：您知道，我不愿理会这些胡说八道的东西。德国文学评论的水平从七十年代以来就一直在滑坡，当然总有例外，如果与他们争论的话，那自己也会陷入这样的水平。这与文学以及文学修养毫无关系，缺少的显然是对作品的耐心，缺少勇气，也很可能对这样一部多层次的叙述方案难以集中精力。他们的耳朵可能因为我们现在的杂音太多而失聪，所以他们再也听不到讽刺性的细腻之处，就像您刚才说的"变化无常"，这是德语文学传统中最好的部分，您看看让·保尔以及维兰特就知道了。我作品中的这种风格在国外被人关注，当然因翻译而变得逊色，而在我们的国家我面对的是吼叫，他们没有能力听出讽刺性的语气，他们用预先就有的成见和狭隘的思想去评论。

齐：此外，我认为，《比目鱼》是一本反对历史、政治与传统中的理想主义的作品，是您对人类学以及现实见解的文学暗示。这就是说：来自底层的历史，它考虑到完整意义的人的自然属性，也考虑到文明进程中启蒙的躯体。

格：我想，刺激我的因素是，在传统的历史编写中总是只有那些可以用数据固定的东西：朝代、朝代的更迭、战争、和平协定、教会的分裂。被标注了日期流传下来的是统治史，大多数时候是用武器决定出的结果。其他发展过程，也是历史的，但却几乎未出现，或者附带提及。如果我们的饮食发展，也就是我的主题，被附带提及的话，那多半人们会感到惊讶，引进土豆当然在历史上引起的变化要比整个七年战争或者某个和平协定的影响要大得多。因发现美洲而扩大了我们的基本食物，饥荒也更容易消除了：如果小米与大麦收成不好，那还有土豆、大米或者玉米。这样，人口也随之增长，这为后来的工业化打下了基础。这一切现在听起来很严肃，很有历史感，可打开这一领域却发现这是一块未曾开垦的荒地，在语言上也是如此。

我的另外一个发现是：是谁写的历史？是谁在每天创造历史？看吧，是这些女人。我其实知道，但我越来越清楚的是：我们流传下来的历史纯粹是男人的事：由男人创造的，由男人编写的。立刻就出现了性别矛盾，在我创作过程中堆积的解放问题蔓延开来，这是本世纪的第二和第三个解放浪潮，我的叙述地点也明朗了：即现在和对历史的回顾直至石器时代。只有一个不断以新的名字、以新的形象出现的主角才能使这样的叙述成为可能，他跟女人总有矛盾，被女人包围，依赖女人，中间是比目鱼在讲述故事。这个美丽的低地德语童话的变种与构思有多种解释，而我写的则是另外一种真实。

齐：我想更详细地谈一下我对《比目鱼》的理解。比目鱼当然又是一个艺术形象，也是一种传达认知、使认知成为可能的一种叙述结构。我把比目鱼，小说的中心形象看作是男人、父权、理性与进步、测量、规划、效率与不安、理性、抽象的思考、文字、个人主义、性别划分、劳动分工、非神化的化身。这些是我在阅读这本书时产生的联想。也就是说，在这个叙述的动物中隐藏着整个哲学的以及历史理论的叙述结构。然而,比目鱼本身从哪儿来?它突如其来地出现在海面上。它究竟有没有可以被我们认识到的起源?否则这种抽象的以及效率的原则来自何处?理性文明中的分裂、矛盾与对立是怎样来到这个世界的?

格:我们一般认为,鱼是不能说话的。但在童话中,鱼在讲话,它马上就被施了魔法,有了自己的形象。它满足渔夫的愿望,这是故事中男人的安排。《比目鱼》中有一章是在受到战争威胁的年代,以拿破仑为背景,我虚构了一次浪漫主义者的会面。菲利普-奥托·龙格(Phlipp Otto Runge)、贝蒂娜与阿希姆·封·阿尼姆(Bettina, Achim von Arnim)、克雷门斯·布伦塔诺(Clemens Brentano)以很浪漫的方式适应了森林里寂寞的生活,他们要用捡来的碎片拼出"男童的魔角"。龙格说,他在记下比目鱼的童话时,一位来自奥厄荷岛(Oehe)的老夫人给他讲了两个版本,他原本想写下另一个版本,在这个版本中,男人代表毁灭,女人代表维持生命,比目鱼站在女人一边,以咨询者的身份出现。但这个版本被压制,因为它可能会削弱本来就岌岌可危的男人的地位。

所以我的小说讲述这一个另外的真实,这个被压制的真实——饮食史,女人对历史的贡献,她们现在走出历史,这也是比目鱼最后拒绝继续帮助男人的原因,它有些投机地站到了女人一边。但这一切都是用讽刺的手法来叙述的,因为这个故事发生在一个"女人法庭"的审判中。因为女人们要用所有从男人那儿学到的统治欲来与比目鱼对簿公堂。最后,比目鱼坐在自己的鱼缸里,不得不眼睁睁地看着整个女人法庭是怎样吃比目鱼的。

齐:人们可以把比目鱼体现的以及它怎样作为一个帮凶,把女性的世界,神秘的、和谐的、自然的、平和的女性世界置于男性与文明的压力之下,看作是一个对立的原则。自然法则受到干扰,或者说在很大程度上被改变。因此我再问一下,这个新原则的历史来源是什么?

在作品中形成的这个过程是在劳动分工、渐增的理性、统治的形成、非神化中逐渐形成的吗？

格：这部作品是在新石器时代的条件下，母系氏族的统治中开始的。男人和孩子一起被哺乳，他们很满意。根据传说，这种情况是可能的，因为女人有三个乳房。这样，一直在寻找乌托邦的、不安的男人，总要找第三个东西的男人，从哺乳时期开始就得到了满足。随着第三只乳房的消失以及火的发现，火是普罗米修斯从天上取来的还是女人在生殖器里保存并带来的？我在数不胜数的故事与传说中，总跨越好几个世纪游戏般地用这样或那样的材料来讲述。焦点总是不同时代男人与女人交替变换的角色。其他的内容就不是我的事了。人们后来从字里行间过滤出来的东西，我的确无从判断。正如我就《铁皮鼓》所说过的：我在这部作品上花了如此多的功夫，它既经历了如此深刻的专研，同时也经历了肤浅的处理，如果要我对《比目鱼》作出解释的话，那我就有些力不从心了。

齐：我认为，《比目鱼》也是一部深刻的理性的历史。此外，这本书还叙述性地、充满想象地有条不紊地展开这样一个问题：理性的界限何在？

格：一再围绕理性与反理性，也涉及反理性的力量。我们从哥特时代找一个人物为例，如多罗特娅·封·蒙涛（Dorothea von Montau），她是一个很坚强的人，但完全是反理性的化身。理性的代表，她身边的男人能力有限，无法与他神经质的、非常努力的夫人相匹敌。在这两个人身上就出现了理性与非理性的冲突：直至僵化的理性，充满生命力、有着坚强意志和破坏性的反理性。

齐：《比目鱼》首先表现了人类需求，因此也是人类利益所起的作用，需求与利益不需要理由与理性，或者说不可能有理由和理性。

格:吃在食物匮乏的时代,是为了填饱肚子的基本需求,此外还有超出单纯的吃饱需求的大吃大喝和把吃看作一种享受,如果人们把理性作为严格的标准,那这是违反理性的。匮乏与绰绰有余以及吃厌的变化交替在我的小说中起着重要作用。

齐:老亚当在这本书的故事结构中变化能力不强,他其实总是同一个人。更确切地说,您对人类饮食史以及饮食文明史这两个问题的答案是消极的。

格:他被锁定在男人的功能上,其实这是比目鱼给他规定好了的。文明、继续发展、进步,他在这个过程中精疲力竭。他的工具有缺陷。他尽管给世界带来新的东西,而且总是更大的、更快的,但他出现的法则总是通向强者的权利,也就是通向战争。从根本上讲只是更换了武器系统,而姿态仍然一样。这是男人历史中悲哀与可怜的地方,与此相应发展出了另外一种方案。

齐:如果我从社会学以及历史学的研究中对人们称为"现代化历史"的东西作出权衡的话,那我们承认在这儿大概有不同的学习形式。人们看到,我们西欧在过去的二百年中出现了明显的理性的进步,如在法制、社会救济以及道德方面、在国家对人权的责任方面等。至少在机构上,学习与文明的过程在我们的形式生活中得到了体现。我认为,《比目鱼》中缺少理性艰难的历史,如贫困与矛盾。

格:就尤其是在德国历史上涉及的破坏性的突破而言,请允许我再次麻烦一下"奥斯维辛"这个词。我们已经谈过我们对此感到的震惊,这一史无前例的暴行发生在一个有序的、有着先进的法律体系的、启蒙后的国家。尽管如此,我们不得不说,在这样一个国家出现了这样的罪行。或者您看看南斯拉夫。在巴尔干,铁托在多民族中成功实施了他的政治方案,在共产主义的征兆下作出了杰出的成就。在德国人发动的这场残酷的战争中,参战的塞尔维亚人与克罗地亚人要消灭对方,战后,铁托只能用强制的手段才能做到这点。铁托来自游击战,他很清楚这一切,因此他深思熟虑之后在这个多民族国家实施了自己的方案。铁托去世后人们可以清楚地预见到,要保持这一方案是多么地困难。1991年,南斯拉夫以残忍的方式解体,这使人想到中世纪,所有这一切很艰难地建立起来的监控体系与不同的思想就像不名一文的东西一样四分五裂,剩下的只有一定要切断邻居的喉管。

齐:也就是说,在您的历史结构中,危机史更为重要,只要人类能生活在风平浪静的历史时期,那人类正常的、日常生活的历史就不那么重要。我认为,矛盾冲突是您对历史理解的特点,当然,这从您的生活背景中能看出来。

格:从根本上讲,我在《比目鱼》中讲述的是日常生活,而不是宏伟的历史,是宏伟历史间的间歇。被雇用的女厨师阿曼塔·沃科七年战争的经历只是丈夫偶尔回家,他大多数时候是从冬季宿营地带着新伤口回来,每次阿曼塔都会怀上一个新的孩子。您看看她与年迈的、被烟草熏黄的国王的接触。战争结束后,国王哪怕再麻烦也要完成一项和平的事业,即土豆种植。弗里德里希国王因为无法推行自己的事业,所以他在阿曼塔身上找到了盟友。阿曼塔成功了。他下达命令,种植土豆,而推行实施的人是阿曼塔。在这样的故事中,两种原则产生了碰撞。但同时也表明了,这种两种原则有时也可以相得益彰互相补充。

齐:我很惬意地阅读了这部有时简直是惊心动魄、扣人心弦的饮食史,我觉得,作品中的童话部分也给人留下了深刻的印象。非神秘化是这部作品的一个关键词。它在讲述一个童话,但童话并不只是叙述的目的,也是叙述过程本身,是对童话的探讨。非神秘化既是叙述的内容,也是叙述的形式。这个印象正确吗?

格:我不知道,作品是否首先涉及非神秘化。如果我接受这个词的话,那我就会讲述新的童话。

齐:这已经是一个启蒙的过程。正如您刚才所说,这个被压制的原则,对童话扭曲的解释被置于作品的重点,然后在现实时间中去解剖它,也就是让人能认识到这点。

格:轮廓几乎还没明确,便又出现了新的神话,这样继续展开,这是真实。每次讲述的都不同。

齐:我们已经谈过《比目鱼》叙述与主题中的身体需求方面。您给小说的叙述结构配以九个月的周期,为什么呢?

格:这要从我的个人生活谈起:我的第一次婚姻失败了,我和另外一个女人生活,她怀孕了。一个孩子即将诞生。在习惯争吵、热衷争吵、崇拜争吵的七十年代,这是一件令人不安的事,给我们造成了几个月的不安宁。九个月的怀孕周期以及我的九个女厨师自然而然地给我庞大的、不断滋生地叙述内容提供了叙述框架,这是我在开始手稿时偶然发现的。这样,我的主题一月、一月地继续,直到孩子出生和还未解决的、之后怎样发展的问题。

齐:一方面是怀孕周期,另一方面是女厨师们,两者之间有什么内在联系吗?女厨师们是为人预先考虑周全、照顾人的女人,是母亲的形象吗?

格:对。但她们也是另外方式的某种意义上的权力垄断。我知道,今天被解放的妇女们不愿意听,但我们应该心平气和地看看,在中世纪掌管钥匙的女人们有什么样的权力:她们单独负责家里的经济储备,把它置于自己的控制之下,因此,她们有巨大的权力潜能,而今天的妇女们在家庭开支与供养方面不再有类似的权力。去描述这些给我带来了很大的乐趣。我要去回顾这些,并斗胆与当今的权力要求进行比较,女人法庭证明了,只有女人适应男人的方法,那她们的权力要求才能成功,这就是说,她们要在事业上成功、要登上男人成功的梯子、要像男人一样严酷,甚至超过他们,因为作为女人,她们被迫更艰难、更有效地工作。这样就导致了对解放本意的歪曲,在很大程度上远离了真正的解放。这在小说中也在女人法庭特别的组成中反映出来,因为这儿的女厨师被赋予了现在的形象。

齐:但这样也产生了很大的时代与问题的断层。您谈到中世纪中在家庭的权力,而今天女人在家庭中不再有这样的权力,只剩下好斗的、在社会作用中向"男人"的竞争方式看齐的女人。从那时到现在,女人是获得了还是丢失了某种东西呢?

格:肯定首先是失去了某种东西,因为随着家庭权力的丧失,家庭与储备的意义也同时在降低。把对孩子的教育与抚育权交给家庭以外的学校,这也与权力的丧失联系在一起。然后是整个领域的世俗化:教会中突然出现了女性统治的领域,此外也有了女性的插画。在基督教的圣像学中不仅有圣母玛利亚,也有其他许多女性的形象,我们可以这样说,在这儿实现了一部分平等。随着修道院的边缘化,今天的天主教会与中世纪相比,在很大程度上是由男人控制的。因为当时有强大的妇女教团,它们与男性占统治地位的教团相互影响。弗兰茨·封·阿西西(Franz von Assisi)与克拉拉(Klara)的爱情是一个美丽的故事,其双重意义产生过很大的影响,甚至在人们猜测的性关系中也是如此。

齐：但今天要求解放的妇女好像的确没有这样的学习过程,她们显然没有认识到,在女性解放方面也出现了权力的损失。

格：这大概与下面的因素有关:再一次出现的、肯定也是必要的解放过程,与世纪之交一样是由中产和上层妇女承担的。因此我提一下奥古斯都·倍倍尔,他在他的主要著作《女性与社会主义》中集中描写了那些在工作岗位上被忽视的以及低收入阶层的女性。而艾莉丝·施瓦泽(Alice Schwarzer)对这些女性却未曾关心过。这群只有通过为工资标准进行斗争才能争取到的人,最好让她们自生自灭。人们想要争取到的愿望与设想、更多的权力完全事与愿违地往相反的方向发展。直到今天,解放的过程还受其不良影响,几乎得不到女工们的支持,为什么呢？一个低工资的女工对在丈夫姓氏之后加上自己姓氏的加布里勒·XY女士是否因妇女解放又升级了,并不关心。她对此毫无兴趣。她甚至还会对此感到忧虑,因为如果这样一个女权主义者掌握了权力,那她可能比她以前失去信心的上司会更厉害。《比目鱼》出版后,女权主义者作出了相应的反应。这是一场愉快的争论,但部分女性表现出了不满,她们并未理解这本书的幽默。《比目鱼》的幽默无所不在,而她们却对此视而不见。

齐：她们指责您什么？

格：愚蠢的污蔑是:这本书是反女性的。而这绝不是事实。

齐：格拉斯先生,我还想再谈谈《比目鱼》庞大的叙述结构。您在此表现的不只是几百年,而是几千年的跳跃与矛盾,出现了"时间的停留",一个永远在不断变化、扮演着多重角色、死亡后又复活的叙述者把这一切凝聚在一起,"过去、现在与未来"错综相连。您考虑过这样的结构会凌乱,题材可能会冲破这种布局的危险吗？

格:这种危险一开始就很明显:庞大的时间段、一大堆人物、除了比目鱼这个艺术形象外没有别的占主导地位的主要人物。我试着通过九个月孕期这一严格的方案以及在诗歌过渡到叙述中的自由空间来解决这个难题:用诗歌来重新拾起在叙述中已经疲惫的题目,也可以用诗歌来反驳已经叙述过的,或者用前置的诗歌来预先说出现在正在叙述的,弹奏出原位和弦。从诗歌与叙述的相互关系中产生出其他的叙述可能,直到叙事诗。如《被雇用的女厨师阿曼塔·沃科的悲叹与祈祷》便是叙事诗的继续发展,这种形式在《比目鱼》中被一再采用。

齐:您也用了参照前述的方法,已经开始的故事后来继续叙述或者再次从另外的角度进行新的叙述。

格:此外,就像在《蜗牛日记》中一样,给我打开了新的风格与其他叙述形式,把自己作为作者融入其中,同时凭借幻想让自己融化、毁灭,然后再重新出现,这种方式深深地吸引着我。我一开始潜入作品中,人们还能辨认出我,经过变形、异化,然后在叙述过程中的某个地方重新出现。作者在作品中这种捉迷藏、寻开心的游戏打开了新的叙述可能,提供了机会,借助过去、现在与未来的交错让某些现在的东西浮出水面。

齐:也许我们应该再次强调一下过去、现在与未来交错的新的叙事法,并试着去解释,这种叙述方法来自何处?您是在什么地方第一次面对这种必要的庞大的结构的?

格:按照我们的秩序与理性,我们就像穿了一件紧身衣一样被束缚在特定的顺序中:过去、现在与未来。然而事实与强迫我们去遵守时间顺序是相矛盾的。假如我们观察一下我们位于头盖骨下面的器官:我们怎样思考、怎样做梦、怎样回忆,那这些的发生是绝对没有时间顺序的。这是真实经验的一方面。

另一方面是我从德国历史中经历的：1945年以后，我们绝望地尝试在这个或者下个立法会议任期摆脱我们的历史包袱，也就是说，去驱散这个包袱。我还能想起在联邦议院里如果涉及"失效"（一个很美的词）的话，那些必要的、没完没了的、常常是光芒万丈的讨论。阿道夫·阿恩特在联邦议院中针对"失效"的讲话是议会制具有重大意义的时刻。也就是说，历史总是一再追赶上我们，直到今天仍然如此。某些已经模糊的、长期被搁置的东西在被疏远后又重新浮出水面，甚至会更清晰、更清楚，也比以前更可怕。这就是过去，存在于现在的过去。

至于第三个要素未来：1945年，十七岁的我被一片废墟包围，不只是房屋成了一堆废墟，人也像废墟一样。尽管这样，我们这一代人有某种对未来的展望：我们要在方方面面做得更好，要用另外的方式去做一切。从经历过战争的这一代人去世后留下的遗产可以看出他们是多么的能干。我们放手去干，把未来看作一个空白的区域，人们可以用战争中剩余的力量在这儿耕耘。而这在今天年青的一代中则完全不同。他们的未来已经被描绘、被提前设定、已经被铺上了可怕的统计数字，留下的空间太少了。这就是说，未来应该是什么样的已经以可怕的方式存在于现在了。

这三个有序的概念的错综相连给我提供了必要和可能，通过写作过程，通过对按时间顺序安排的材料的分析，用"过去、现在、未来"交错的新的时间概念来继续叙述。这是从《蜗牛日记》开始的，在《比目鱼》中得到完全运用，然后在短小的作品中再采用，但在这些作品中我又有了新的实验，如《大脑产儿》，直到《辽阔的原野》我的叙述可能又在继续发展。

齐：这就是说，这些作品要求的特殊的时间结构要归功于美学与历史理论的结合。就这一点而言，其中包含的不只是叙述结构。

格:历史是什么？我们把那些我们认为尘封的东西称为历史。我们把它归为过去。我在此只能重复:我们很震惊地看到,逝去的历史是怎样具有生命力,是怎样渗透到现在的。历史对于我是现实的一部分,它并未被尘封,它是有生命的,它一再被激活,尤其是通过叙述的力量、通过丰富的想法、通过勇气与毅力,把它从坟墓里挖出来,把尸体抢夺过来。这是文学不可估量的可能性,尤其是叙述的力量,如果叙述不只是为了娱乐的话。

齐:人们谴责您在《辽阔的原野》中随意、杂乱无章地在任意一个历史阶段跳来跳去。小说特殊的现实时间暗示了现实的问题,您要用这种艺术技巧表现"现在"的深层次、多层次,从根本上讲难道不是这样吗？

格:您提到了杂乱无章的跳跃。在某种意义上讲,这种说法是正确的,因为我不遵循规定的章法,因为这些章法就像一个紧身衣,它们本身也带有专横的成分。我们在历史学家的讨论中看到,我们不断重新尝试去摆脱那些具有生命力的,就连我的孙子们也不会放过,并将伴随他们的东西,即使他们对纳粹的罪行绝对是没有罪责的。人们想注销它、摆脱它。然而这样的历史,作为"现在"永久清算的过程,遭到了我叙述的抵抗。我这样给我的孩子解释:我是"针对逝去的时代"在写作。

齐:我在《比目鱼》中惊讶地发现,神话与童话对您是何等的理性,是怎样被您充分利用的,您又是怎样干劲十足地开发其恐怖而神秘的叙述世界的。您曾经说过我们现实生活中的"模棱两可",也谈到过一种看不透的神秘结构。童话与神话真的像赫尔德曾经说的是民族的"沉积物",人们可以毫无困难地理解吗？或者说您是怎样像往常一样来加工整理它们的？

格：我们读到的童话首先是那些孩子可以完全自然而然地当作现实来接受的，他们今天也可以从自己的经历、想象与对愿望的设想中得到认同，像侏儒妖、亨塞尔与格莱特尔、胡子国王这样的童话形象则要难一些。或者像解咒后青蛙变成了王子这样的魔法也很难理解，这样的认同对成年人也不容易。他们必须回归到孩子本身，他们必须忘掉童话的现实成分。

可以从我们面临失去森林的危险很清楚地看出，童话是怎样可怕地接近现实的：您想想假如没有森林，那德国童话会怎样，对俄罗斯和其他国家的童话也是如此。如果森林没有了，那童话就没有了背景，那它就失去了真实，很可能对未来的读者就令人费解。在《母鼠》中，我在《格林森林》的叙述线条中展开了这个论点：随着森林的灭绝，童话也随之消失。

这些是我感兴趣的东西：不能把童话与世界脱离开，只看作单纯的作品的内容，而应该回归到这样一个问题：在哪儿，在什么样的条件下产生了童话。为什么去极乐之乡必须吃遍小米山？是小米而不是土豆汤，从中可以窥见饮食的历史。用这种方式，可以从被埋没的历史中挖掘出许多东西，它们又被激活。

齐：您认为在今天普通的神话、科幻以及电视里播放的童话代替品中还存在我们所说的可以值得去激活的东西吗？

格：很多通过媒体传达的、电视屏幕播放的东西都完全是合成的，毫无背景可言。我们需要非常有天赋的作家，如这位给我们讲述《阿斯特里克斯与欧伯里克斯》(*Astrix und Oberlix*)很美妙的故事的法国作家，他用传统的动画方式继续发展了漫画，但采用了童话般的基本想法。我想，他不仅给我们的孩子，而且也给成人讲述了一个很感性的、滑稽而又悲伤的充满历史感的童话故事。要是我们也能找到一个这样的作家来处理尼伯龙根的故事就好了。遗憾的是，在德语区我们还没有同等水平的漫画。

齐:我指的不完全是美学方面的,而是去看、去感受、去阅读的这样一种需要。

格:尽管媒体铺天盖地,但孩子们仍有这种需要。

齐:是什么样的需要,是以什么为目的呢?

格:阅读需要是一种普遍的、基本的需求。如果我要找人类区别于动物的特点——动物与类有很多相似的地方,及至优雅与害怕——那我首先想到的就是阅读,沉浸在一本书中。巴尔拉赫修道院的学生是一幅很美的图画,我们应该用它为丢失的阅读文化做宣传。在书中迷失自我是人与生俱来的本性:在书中去发现某种东西、去发现自我,迷失在森林中或者向虚构的人物倾诉,参与到他们的生活中,穿上别的衣服,装扮成别的样子去发现自己,不离开自己生活的地方去做一次冒险的旅行。书中包含了如此多的诱惑,然后还有教育方面的意义,但我不愿把这点置于第一要素。因为如果我们总是像《浮士德》里的助手那样提这样的问题——如我能从这白纸黑字里拿什么东西回家?我能从中得到哪些好处?——的话,那我们就会破坏很多东西。这样的问题在一本书向读者打开大门之前就把门封闭起来了。我们不应该忘记鼓励读者通过在书中找到的想象去释放自己的想象力。如果他平时在生活中只追随自己的想象的话,那他得担心被嘲笑,但在书中他却可以这样做。这儿有巨大的自由空间。

齐:这是阅读的一段考古史。如果我们现在去看神话、童话、传说与逸闻的话,那它们的内容对我们来讲也是很特别的。如果我们去看这些非现代的思想世界及其特殊的想象的作品的话,那我们在找寻什么呢?您的作品涉及这样一个问题。

格：它们区别于其他作品的标志是，它们都是匿名的。在某个地方、某个时间曾经有过这样一个作者。然后慢慢地作者越来越多，叙述的内容被雕琢，新的内容被重新发现，总是有新内容出现。某个时候，不，不是在某个时候，我们可以给它们标注出日期——突然出现了对童话的浓厚兴趣。这些童话在浪漫主义时期被收集，被记录下来，但这样也阻止了它们的发展过程。只要它们被文字固定下来，它们就成了文学的一部分。这样，有名有姓的作者就有机会再次把它们从束缚中解放出来，继续叙述下去。

齐：童话与神话也是对真实、对自己、对自己的需求以及方向迷失的一种调和吗？

格：很多童话说明这个论点是对的，因为它们以和解结束。但这样的结尾常常如此的粗略，以至于人们只能把"他们直到最后都过着幸福的生活"当作讽刺来理解。当然也有很多童话不是以和解结尾的。如像汉斯-克里斯蒂安·安徒生这样的作家深知这一点，他们写了大量的童话，有着很残酷、毫无希望的结局。

齐：也许童话的结尾并不重要，重要的是对现实想象性的描写、世界与人类的可塑性与归属。在童话中人也许还能控制现实，这也是消极的吗？

格：那这适合任何一件成功表现痛苦的艺术作品。这样的话，古讷瓦尔特（Grunewald）创作的祭坛的作品也是和解性的，尽管它非常形象地表现了痛苦。我对"和解"一词一直很谨慎，因为它带有某种抚慰的性质。如果我们，作为单个的观察者看到一个艺术家成功地表现了残暴与恐怖，那我们会产生一种安慰感，我不愿称之为满意，就像毕加索的作品"格尔尼卡"一样。但我不会感受到这是一种和解。像毕加索那样,赋予难以名状的、难以理解的东西艺术形象,这种可能性的存在让我感到安慰。我听音乐也有这样的感觉。许岑(Schützen)的《耶稣在十字架上的七句话》不管在形式上还是内容上都是对悲凉的终极状态的摆脱。

齐:在《比目鱼》中,既没有在童话里,也没有通过童话得到和解。这部作品更多地是在以讽刺地方式与童话游戏,是借助童话的形式去发现、去解释童话。童话,作为民族传统的表达,仿佛也是被遗忘的需求以及遗失的认同的结晶,这是来自赫尔德的影响。按照这种说法,童话是可以更新的、可以被充分利用的、可以被激活的,因为它表达了人类内部与外部自然史中某种真实的东西,并能使之成为人一再的需要。您坚信这点,同时您也从对现代感到失望的角度去与童话游戏。我的看法正确吗?

格:我在继续讲述童话。我并没拔高它,对它唱颂歌,它是真实的,每次的讲述都不同,我在改变、更新、接受童话的形式,直至把它融入《比目鱼》中《父亲节》这章,这章在现实生活中是残酷的。

齐:这就是说,童话对于您是一种超越理性束缚的形式,是与虚伪的秩序与时间顺序、是与生活中让人怀疑的常态、片面性以及缺乏想象力相抗衡的力量。您曾经说"要超越理性的束缚"童话,这种神秘的产物真的能作为您写作的动力去对理性的、非理性的历史的影响进行质疑吗?

格:我在《铁皮鼓》中已经采用了童话的色调,在中间一章《信仰、希望与爱》(又译《有信有望有爱》)中,其实这章是涉及"水晶夜",纳粹对犹太教堂的毁坏。它以"从前"开始,然后列举了参与的人物,就好像整个一章都萦绕着回旋曲一样。标题是针对在犹太教堂被烧毁的地方站着几个冷得发抖的、丑陋的女孩子,她们用《科林多书》为自己的教派做宣传。与此相反,现实正残酷地继续。这样,这一章对三大信条的分析就像分析市场信条一样,但总是用童话的语气"从前"。

在《狗年月》中我再次拾起童话题材,如在柏林沦陷的故事中。寻找领袖的狗完全是用童话的语气"从前"写成的,用海德格尔以及德国国防军总司令部的语言以及恐怖及其把恐怖神秘化的混乱的语言。因为我知道,我肯定也学到了,与传统的文学不同的是,流传下来的童话对残暴毫不吝啬,它甚至更直接地把它作为精彩的主题。您看看被砍掉双手的女孩,或者亨塞尔与格莱特尔,巫婆去检查亨塞尔的手指,看看是否可以拿来烤着吃了。您再看看亨塞尔为了捉弄巫婆而想出来的幽默的诓骗办法。这些都是童话中向我们传达的美好的观察与经验,尤其是小人物为了生存而抗争的经验。

齐:出现童话题材的地方减缓了叙述的速度……

格:为自己赢得时间……

齐:……为自己赢得时间,完全保留了时间,表现出深度,提出异议,创造一种否定对"现在"进行清算的真实。可以这样来理解吗?

格:可以。但您知道,我对一切固定下来的东西有天生的怀疑……

齐:作为读者,我必须自己去整理一大堆的印象……

格:我还停留在"为自己赢得时间"上。童话需要"为自己赢得时间",阅读也需要"为自己赢得时间"。在写作的时候就开始需要"为自己赢得时间"了。例如,给自己保留大量的时间是作出大胆计划的前提,如像《比目鱼》的写作。我把弓箭从新石器时代张开到现在，一方面还要保留时间顺序，另一方面要不断去打破并取消时间顺序，也就是要把这个听起来纯概念的"过去、现在与未来"的混合付诸实施。我的确想在叙述方式以及叙述线条中去实现这个概念。为此我不得不做到在当前越来越难的一点：为自己赢得时间。这本书的一大障碍是担心不能集中注意力，这是阅读所需要的。为了从一本书中有所收获，那我们就必须为自己保留时间，这是以毅力或者理智为前提的。

齐：格拉斯先生，一本跨越虚构的、历史的、人类的，总之跨越庞大的经历的作品要打动现在的读者，要引起他们的兴趣的话，那读者就必须找到一种动力，让他发现，这儿描述的问题不属于遥远的历史，而是当前面临的。我认为，您是这样做的，如您在19世纪的工人运动的背景下使"当前的历史"非常清楚。我指的是，无产阶级解放运动中来自免费食物的热气腾腾的烹饪史或者他们的先驱艰苦的一生。在今天，即1998年，工人运动史对读者还有了解的价值吗？对他们还有启发或者可能遭到他们的批判吗？还能引起读者的思考，让他们变得敏感与具有批判性吗？

格：如果我是读者的话，那会是这样的。对我而言，德国和欧洲工人运动的历史是认知，也是喜悦与悲伤的源泉。不认识自己的历史，是一个巨大的失误，就算在今天的社会民主党中，这种现象也屡见不鲜。我们为此得付出痛苦的代价。如果我们德国最古老的民主机构尽管经历了禁止、迫害以及自我解散的过程，但仍然经受住了所有体制的考验，如果它以及它的历史不能被认真对待的话，那不仅是党的成员，而且这座与以前一样脆弱的民主大厦也会失去部分支持。

因此对我来说，在《比目鱼》中重要的是回到老倍倍尔，从被雇用的女厨师阿曼塔·沃科到伦娜·施图伯，她的丈夫是一个酒鬼，一个无产阶级，一个民主主义者，她不得不靠她的小吃店来改善家里的经济状况。她从中意识到，从采购到饭菜的准备中，真正的饮食中，什么是对工人有益的。她发现,工人总是对比自己高的阶层垂涎欲滴,并为此劳累奔波。伦娜·施图伯写下菜谱,并在《倍倍尔作客》一章中劝说他,负责出版自己写的《无产者菜谱》,并作序,因为他毕竟写下了《妇女与社会主义》的作品。倍倍尔表现出对菜谱极大的热情,但他突然想起来:如果我为一本菜谱作序,那男人们会说些什么呢?于是,他拒绝了伦娜·施图伯的所有要求。最后,伦娜·施图伯说"哦,没关系"。但从这句话中可以听出她的辛酸。

另一方面,她为了参加倍倍尔的葬礼,有生以来第一次,也是唯一的一次去苏黎世,她与两位激进的民主主义者坐在一个车厢:一个是罗莎·卢森堡,她后来导致了民主党的分裂,1919年被谋杀;另外一个是罗伯特·米歇尔斯,他最后跟法西斯走到一起。一个奇特的三人组合坐着火车到富裕的苏黎世,这次葬礼有十几万人参加,所有的钟声都敲响了,因为教堂司事都是民主主义者。

从今天的角度来看,这是一个很奇特的故事,几乎像童话一样。就算我很敬重的身居要职的民主主义党的成员也没看过奥古斯都·倍倍尔的《我的一生》,我对此感到非常震惊,您也没看过,我发现。这是一本极好的书,叙述非常精彩。俾斯麦的反社会主义法非常法实施的整个十二年写得很有意思,给人留下的印象很深,他千方百计地避开了禁令。您看看红色邮递员的故事:当瑞士还是一个勇敢的、自由的国家的时候,《社会民主党人》不得不在苏黎世印刷,然后在双方边界社会民主党邮递员的帮助下被走私到德国。如果人们要理解这个党内必要的意识形态的争论的话,那这部作品是非常好的读物,它也具有很深的教育意义。比如,人们可以知道,倍倍尔是怎样不得不经受修正主义的争吵而保持党的团结的,一方是考茨基,另一方是伯恩斯坦,更不用说其他完全不同派别的斗争了。

但我想再回到您的问题,您想知道,人们怎样拾起历史;人们怎样重新来讲述并利用它;人们怎样不受束缚地把它与现在联系起来。我认为,我们不能很简单地把它作为一种方案去实行。不管怎样,是我自己的兴趣在引导我,否则我便无法写作。我研究被人遗忘的东西,某个时候出现顿悟。我去思考,如这个叫安德烈亚斯·格吕菲乌斯(Andreas Gryphius)的男孩,他来自西里西亚,忍饥挨饿,大概十九或者二十岁的时候到但泽寻找避难所,当他还在上中学的时候,为了生计就已经开始给富人的孩子上课,他碰见了一个年长的、经历坎坷的人。人们从不知道,这个人是新教徒还是加尔文教派的,他为什么长期为天主教徒工作,他在特兰西瓦尼亚做过什么,他为什么突然在但泽成了波兰国王的宫廷历史学家而获得丰厚的报酬?人们看到,他也与从瑞典来的间谍交往!这个叫马丁·奥皮茨(Martin Opitz)的人让人捉摸不透,但同时他又令这个小伙子佩服得五体投地,如果没有他的话,那这个小伙子写不出他的德语十四行处女作。因为1621年,奥皮茨发表了第一首德语诗。

我把这两个人组合在一起,因为两人同一时间在但泽。他们的碰面是很可能的。这样就出现了《罪恶时代的负担》这一章。在这一章中,这个年轻的男孩对这位被他利用的老人进行攻击。他在这位老人这儿吃饱喝足,但却对他进行折磨。他需要他的帮助,他也在找出版商。他甚至获得了帮助的许诺,尽管这样,他却因他的政治行为而攻击这位老奥皮茨。但这个奥皮茨并不只是一个可以被收买的间谍,有时被天主教,有时被波兰人,有时被瑞典人收买。他是一个和平主义者,他参加了当时的和平运动,其宗旨是,通过更多的未参战的派别的参与才更可能结束战争。奥皮茨在瑞典的怂恿下,但也出于自己的意愿,给了自己一项任务,那就是让波兰卷入三十年战争,促使乌拉迪斯拉夫四世作为天主教徒支持新教来反对哈布斯堡王朝。正如我们所知,乌拉迪斯拉夫四世并没有上当,他对北方战争已经受够了,三十年战争结束后,北方战争便马上又开始了。格吕菲乌斯对这一切提出了疑问:为什么奥皮茨在政治争端中去浪费自己诗人的才华?为什么咒骂新教的堡垒——马格德堡?年轻的格吕菲乌斯身上的确存在控诉的成分,对我来说,正是这种矛盾是渗透到现代的东西,我几乎可以毫无束缚地去接受并讲述它,这个来自17世纪的故事仿佛发生在今天。

齐：让我们再回到社会民主党与工人运动的关系。我想强调的是，小人物的期望，即解放、人与人之间的团结互助以及乌托邦般善意的光芒与今天的社会民主党不再有任何关系，已经不复存在了。

格：团结互助原则首先是因为基民盟/基社盟以及自民党的长期执政而被搁置的，他们一开始还有所顾忌，但自从苏联解体后便肆无忌惮地违反社会契约，它是社会福利市场经济的基础。人们可以指责社民党对此的反对不够激烈，他们总是按照执政党的意愿来行事。直到后来，甚至今天，他们也没有提出足够的方案来建立一个新的社会契约，从而使团结互助原则以新的形式出现。

我们不能忘记的是，团结互助这个词毕竟被共产党的权力搞得如此糟糕，被滥用，以至于如果没有附加说明的话，许多人不愿再使用这个词。我对此没有顾忌，因为我无法理解，为什么团结互助的条件在很大程度上被削减后，因为这个词被滥用，我们就应该删除这个词。我无法忍受这点，这对我也是一个理由，在《比目鱼》和其他作品中去激活被人遗忘的工人运动的历史。

齐：但这更多的是回忆的动力，而不是联系现在的动力，不是吗？

格：《比目鱼》中有一小段描述了社会主义者在法国比弗雷德（Bièvre）会面。与会者首先是捷克斯洛伐克共产党人中的改革派，1968年捷克被占领后，他们不得不离开自己的家乡，他们现在失去了自己的家园，在寻找民主社会主义的道路。我坐车去那儿，看到了他们的无助，同时这次会面也让我非常感动。形形色色的托洛茨基分子也在场。可以看出，所有的人都不愿放弃互助的原则，他们是怎样自以为是地去寻找一个更准确的、独一无二的表达。这是一群经受了挫折的人，但可以从他们身上看到一股强大的力量，它也促使我对我并没有认真了解的民主社会主义——它总是我除写作之外从事政治活动的一个很充分的理由——的概念进行一次整理,目的是澄清,民主社会主义到底是什么。

这绝不是一种意识形态,请不要提出新的论断,不要教条,这是我在那儿谈到的,但需要我们持续不断地努力,把社会权利与自由权利联系起来,两者从一开始就面临要分崩离析的威胁。在自由权利的最高极限中,大批工人被奴役是完全有可能的。今天的新自由主义已经很明确地表现出这一点。民主社会主义者面对共产主义者说:如果人不能呼吸、如果他们没有人权,那你们强迫实施的社会权利对你们有什么用呢?反过来说,如果只有上层知道,不存在新闻审查的惬意生活,而底层却不是这样,那人权有什么用呢?底层的波兰农民压根儿就不会去关心在他的国家是否还有新闻审查,他们现在缺的是买种子的钱。他们又像过去的几个世纪一样属于没有特权的阶层,他们被历史的进步留在原地,被遗忘了。

齐: 再回到《比目鱼》。与现实对应的故事在与现实的联系中在列宁造船厂结束,也就是在东欧的反对派,而不是在西欧的左派中结束,为什么呢?

格: 因为团结互助原则的瓦解在这儿,在人们把它拔高为教条的地方,最为明显。在一个共产党执政的社会向工人开枪。当时还没有这个词,但港口城市的罢工以及在格旦斯克与格迪尼亚的枪声同时也是"团结互助原则"的诞生之时。我在《母鼠》中继续写这段历史,然而人类已经不存在了,是老鼠再次练习"团结互助"。

齐: 格拉斯先生,《比目鱼》中很重要的是巴洛克这几章,后来从这几章中有了《在特尔格特的聚会》。走在启蒙前面,但已经与启蒙交织在一起,为启蒙做准备的早期资产阶级时期的魅力是什么呢?

格: 最有趣的是发现在弗里德里希・封・洛高(Friedrich von

Logao)的作品中已经出现启蒙的元素,其作品在他生前从未发表过。莱辛后来发现他并使他被公众了解就不足为奇了。还有保尔·格哈德(Paul Gerhard),他原本是一个狭隘的路德教徒,身为牧师的时候曾与任何背离宗教的行为抗争,因此,他在勃兰登堡-普鲁士颁布宽容诏书后被免职,他不得不离开这个国家。同时,他又写了很多不受任何宗教教条约束的文章,接受自然,给赞美诗与教堂音乐带来了全新的气息。

我研究的材料越多,就越惊讶地发现,德语文学的第一次登场便是如此丰富。不同寻常的是,从形象诗歌到自然抒情诗,从流浪汉小说到感伤故事,如泽仁(Zesen)的作品中已经存在的或者已经被认识到的东西。同时,我也不得不发现,日耳曼语言文学专业与中小学教材把我们伟大的文学变成了一堆乱七八糟的东西。您看看"早期巴洛克"和"晚期巴洛克"的划分,完全就不是那么回事。如霍夫曼斯瓦尔道,他和格吕菲乌斯年纪一样大,他致力于一种所谓的矫饰的写作方式,这在所谓的巴洛克晚期是一种很普遍的写作方式,其实一开始就有了。

齐:您认为,就指导性的意义来看,巴洛克时代中有某种轴心时代吗?如威斯特法伦和平条约对德国的政治版图以及文化发展都具有重要意义。

格:您现在谈到战争结束,我在《在特尔格特的聚会》中聚集在一起的作家在战争的时候还都是孩子。有些是战争爆发时出生的,如格雷弗林格(Greflinger),只受到这个时代的影响。像今天引起争论的很愚蠢的问题:一个作家可以与政治打交道吗?可以还是不可以,在当时根本就不重要,因为政治与被毁坏的世界是如此的明确,您从奥皮茨到格吕菲乌斯的作品中都能发现政治、军事带来的冲突以及时代的特征。就连像西蒙·达赫(Simon Dach)这样的田园诗人也在一首关于被毁坏的南瓜亭的长诗中抱怨马格德堡遭到的灾难。

马格德堡遭到的无穷的灾难以及被蒂利的军队占领后带来的恐怖是17世纪发生的最可怕的事件,完全可以与德累斯顿在20世纪遭到的破坏相比。

尽管这些抒情诗人受到形式上很大的束缚,战争期间还倾向于田园诗或者第一次尝试传统的悲歌、颂歌或十四行,但格吕菲乌斯早期的十四行已经表现了真实的三十年战争如《祖国的眼泪》。鼠疫也产生了重要的影响。"回避今世"很明显地表现在格吕菲乌斯的作品中:今世是什么,是声响与烟雾,是脱离苦海。在今生与来世的交替感受中,驾驭了时间以及一切恐惧的苦海与华丽的辞藻、无与伦比的对生活的兴趣以及对生活的贪婪交织在一起。在巴洛克诗歌中没有欢乐的地方仍能看出对生活的贪婪。一方面是对来世痛苦的思念,另一方面是对喜悦的感受以及对欢乐的追寻,这一对矛盾深深地吸引了我。像这样的东西使整个词场开始活跃起来。

齐:《在特尔格特的聚会》就像拼贴画一样,由两个相差很远的时间组成:1647和1947年。三百年的德国文化与历史在叙述中被连接起来,把过去与现在作家的经验凝聚在一起。从而使作家面临的很基本的矛盾有了独特的现实感。

格:这些最初都源于一个很有趣的想法。我们现在回到四七社,汉斯-维尔纳·里希特(Hans Werner Richter)是一个我终身都要感激的人,他是我的文学养父。他将要过七十岁的生日。我想送他一件礼物。我打算送给他一个十五页左右的故事,于是我开始动笔了。结果却出现了一部长达一百八十页的作品:《在特尔格特的聚会》。我在他的生日庆祝会上有幸为他朗诵了这本书的第一稿。

但有一点是对的:在与同事交往中积累的经验启发我,让我们这群无助的——在此借用一下雇佣兵的术语——不合群的、需要发挥作用的、乖戾的、敏感的、伤感的人回到三百年前,把他们置于一个与现在类似的历史阶段中:被毁坏的国家、对和平的渴望、仍然在持续的战争、在别的某个地方又爆发了、四七社的初建时期,然后是三百年前,即1647年在特尔格特的聚会。怎样把"过去、现在与未来的混合"运用到写作中,对我是一个很大的诱惑。

齐:我还想再简单谈谈时间层次上的可比性。有人曾经这样指责您:格拉斯的写作方式是反历史的,他把所有的东西都拿来做比较。对此我们不必去深究。但让我们再回到《比目鱼》,这部作品也描写了一个幻想破灭的故事:在这儿有一种类似回到开始,即像圆一样回到起点的回归吗?在书的结尾我们有这样一种感觉:好像经历了空忙的进步的灾难,用不幸的结局批判性地去评价启蒙的过程。在作品中很清晰地表现了一幅静止的历史画面,即停滞不前的循环运动的荒谬吗?

格:这儿的静止指的是:没有任何东西会停下来,没有任何东西会到达终点,不存在解脱,石头不会待在上面。我总是一再回到加缪留给我们的对西西弗斯很奇妙的新的解释。当然,它是与技术以及思想领域中绝对的进步思想相抵触的。石头不会待在上面,它要不断被推上去。我们看到它,但总是在谷底。它必须被再次推上去,要是终于把它推上去就好了,每次都要花费很大的力气,然而它却不会待在上面。然后有这样的勇气根据加缪的解释说:允许我们把西西弗斯想象成一个幸福的人。这句话很适合我,我是一个幸福的人。

齐:但属于幸福的格拉斯的还有与此相反的证明,即被唤起的反历史的力量,它表现在饮食、乐趣以及爱中。

格:当然。这些都有,哪怕在残缺的状态中也能找到它们。我通过绘画或者写作感知到的东西,一般都是很美妙的,但都是残缺不全的。

六　未成年与世界末日

——叙述作为检验世界的表达方式

齐:格拉斯先生,1986年《母鼠》出版了。我认为,尤其是这部作品在公众的接受中遭到了意想不到的失败,当然在对您的学术研究中绝不是这样。评论界强烈地表现出对这部作品的不理解。我顺便引用几句:《母鼠》"味同嚼蜡",是"论点的堆积",格拉斯在这本书中"投降了",他把自己装扮成一个"国家元首",他扮演的启蒙者的角色显得很"可笑",他赋予自己一种日耳曼统治者的地位。还是让我们先来看看与《比目鱼》完全不同的《母鼠》吧。在《母鼠》中,童话与森林都消亡了。在《比目鱼》中,童话还让一种揭示性的,在这一意义上也是一种自由的、让人松口气的叙述方式成为可能,而在《母鼠》中,童话意义上的叙述则扼杀了想象。

格:在深入您提到的批评以前,我必须先作一些说明。我们不该忘记的是,在八十年代,在我们的国家出现了第二个倒退,不愿去感知,一种理性的倒退,不愿承担责任,这种过程在今天对社会契约以及互助原则的解除中达到高潮。我不愿宣告这是我的方案,我也没有计划去这样做,不过实际上我每十年都创作了一部作品,就叙述的角度来看,它们都带有这个十年的氛围:《铁皮鼓》是五十年代的、《狗年月》是六十年代的作品,《比目鱼》的叙述角度很明显地反映了七十年代开始的希望以及慢慢呈现的失望。

在这些作品问世以前,我得出了一个很重要的结论。我逐渐发现,一个或者几个可能毁灭人类的过程是可以解读的,又是启蒙的用语。人类的自我毁灭过程已经开始。这样,我们传统的未来的时间概念也随之改变。

在意大利给我颁发费尔特内利(Feltrinelli)奖的时候,我利用这次机会面临这一不可避免的、已经变化了的形式作了一次总结,我们可能对它视而不见,这样的态度我们已经司空见惯,我的出发点是:文学从一开始就有了敌人:审查与禁止。奥维德(Ovid)被流放到黑海,塞内加(Seneca)不得不采取自杀的方式等等,这样的事一直继续到启蒙时期。然而,作家们一直很自信地说:你们可以禁止我们,你们可以驱逐我们,但我们的作品会流传下去,它们会比我们有更长的生命力,我们能比你们坚持更长的时间。我们可以寄希望于时间,寄希望于未来。而这样的自信我们今天不再有了。剩下的选择是,只为现在写作,也就是所谓的做宣传鼓动工作,这种做法的徒然我们也是知道的。我的意思是退回到只在这一刻起作用的庸俗的宣传中。那怎样继续去写作呢? 如果我们要写作,我当时在演讲中的结论是,那就得完全明确一点:我们在自我毁灭的时代写作,并将继续这样做。

为了再动笔写作,我需要休息,在这四年时间里,我又开始了我的第一个职业雕塑的工作,这个职业是我的确学过的,而作家我则更多地是自学成才。在女儿劳拉的建议下,我用简便快捷的材料,用陶土做了小罐,小人。但随着时间的推移,我又受到启发开始了一个渐渐往《母鼠》发展的方案。有趣而又滑稽的是,这部作品头几页的手稿是我在陶土上完成的。字是用其他颜色的陶土泥用毛笔写上去的,被烧成白色,卷起来的陶土片在我家里还到处都是。我当时的出版商阿尔腾海因来拜访我,他对这些在支架上晾晒的陶土片非常感兴趣。我对他说:这是我的新作《母鼠》,这儿有二十五页,大概将会有五百页,您考虑一下,怎样将它们从陶土上复制下来。他快急出汗来了。我赶紧安慰他说,我不久以后会用传统的方式把它写在纸上。后来我也这样做了。

我开始写作《母鼠》,一个人类自愿用多种多样的方式自我毁灭的故事,不只是一直被看作很危险的核毁灭,而是此外在生态领域我们的生存基础被破坏,这也是一个无节制的、不断蔓延的过程。不能忘记的是,事实一再证明,我们没有能力走出这一切自己亲手造成的幼稚行为,这是我们一再面临的难题。启蒙时期是为了摆脱中世纪留下来的残余,如迷信这样的东西,而今天我们却又有了迷信,对技术的迷信,这是我们必须克服的,在此仅举一个例子。《母鼠》是关于自我毁灭的人类以及老鼠的作品。老鼠一直与人类关系紧密,依赖人类,但它们现在认识到,人类在自我毁灭。它们不愿与人类同流合污,甚至还警告人类,举行各种各样的游行。但没有人听它们的劝告,他们只有消灭老鼠的兴趣,以及对这群令人恶心的动物传统的、根深蒂固的厌恶。看不出人类有任何向老鼠学习的迹象,如从它们的社会行为方式学点什么。这部作品看起来既悲哀又滑稽,跟我写过的许多东西一样。悲哀与滑稽紧密联系在一起,互相制约,互相转换。我再次把诗歌的元素运用到叙述中,它们深深扎根于继续发展的情节中,与《比目鱼》不同的是,就算没有标题也无伤大雅。

作品中有多条叙述链。从置身于世外的作者开始叙述:我梦见……。他看见自己在一个宇宙密封舱中,被托起,与地球没有任何联系。但他看见了,地球上发生的一切,目睹了人类的自我毁灭。他总在跟老鼠说话,这只老鼠是他在圣诞节的时候想得到的礼物,然后他在圣诞树下发现了它。这只母老鼠生活在地球上,他书桌旁边的一只笼子里,对话就是从这儿开始的。人与动物渐渐亲密起来,从这样亲密的关系中发展出了整个故事。

另一个叙述线条是森林的毁灭以及童话中人物的逃亡直至他们的起义,因为他们预料到,随着森林的消亡,他们的生存也受到了威胁。这一条叙述线不断出现在段落中,一直贯穿全书,叫《格林森林》,这是一个独立的故事,可以毫无困难地把它从作品中分离出来。

第三条叙述线是造假画的洛塔尔·马尔斯卡特(Lothar Malskat)的故事。他战后在吕贝克的圣玛利亚教堂,用自己对新哥特式绘画的发明涂改了教堂哥特式绘画的遗迹,在此之前他已经在赝品方面积累了经验。最后,他当然被人认出了真面目,整个被伪造的楼倒塌了。教堂工作人员以及所有可能的知名人士都试图阻止他这样做,他们更愿意与赝品生活在一起。整个马尔斯卡特的故事对我来说是五十年代典型的事,一个虚伪的五十年代。

第四条是由《比目鱼》中的妇女们构成的。她们作为一个女人的团体居住在一条船上,想在波罗的海测量海蜇的密度。但她们其实应该寻找沉入海底的维内塔号,这是女船长的计划,她们猜测,维内塔船在吕根岛附近。她们的乘船之旅也与整个书中的故事平行发展。

最后故事还与重新发现、重新唤醒我以前小说中的一个人物奥斯卡·马策拉特交织在一起,他快六十岁了。他开始了大型的媒体生意,发展出新的理念,人们怎样把还不存在的真实用图片记录下来,怎样让现在发生的事同时出现在屏幕上,真实与虚假的真实怎样相互重叠,怎样相互交叉,让人几乎分辨不出来,这些都出现在媒体的发展中,我们今天能更清楚地看到这点。他的祖母也还同样活着,要庆祝她的107岁的生日,所以奥斯卡·马策拉特开始了回到卡舒贝(Kaschubei)的旅行。

这些众多的线条相互交织,构成了叙述流。所有的一切都在灾难中结束,唯一幸存的是老鼠。它们为了生存下来进行了训练,为此做了准备,在人类灭亡后,它们在这个被毁灭的、成了垃圾的世界里继承了人类的行为方式,它们练习直立行走,但也继承了人类错误的行为:因此,在它们之间也开始了铲除异己的行动。此外还有一种特殊的物种"瓦特森·克瑞克斯",这个词来源于瓦特森与克瑞克斯,是他们为基因研究奠定了基础。瓦特森·克瑞克斯是半人半鼠的物种,它们也幸存下来,它们在人类灭亡后的时代占据了统治地位,使老鼠成了它们的奴仆,为它们服务。

这是叙述的大概轮廓。我并没有去描述《启示录》般的世界末日的野心,这一点完全被评论界忽略了。这一概念要追溯到使徒约翰在拔摩岛上,因为世界末日是上帝对罪孽深重的人类的惩罚,是无法逃脱的,我想表现的是我们自己造成的,纯粹是人类造成的,而且人类还在这样做,只有通过人类之手才能让这个过程停下来,才能扭转这个过程,正如我们所看到的,人类并没有这样做。我描写的不是《启示录》中的世界末日,而是人类的自我毁灭,是人类自身的行为造成的,如果非要这么说的话,那这是我作品的一个论点,我在作品中并没有提出论点。

齐:又是一本叙述结构非常复杂的作品,又是全新的叙述方式,就像《比目鱼》跟以前的作品相比较一样。《母鼠》在探讨启蒙,使自己胜任启蒙的任务。这样就完全清楚了,对启蒙的接受在您的作品中是何等的重要。作品的一个中心词是"对人类的教育"。您曾解释说,您要用《母鼠》以叙述的方式来继续"被损坏的启蒙"。就这一点而言,这一切的确不是世界末日,而是由人类造成的历史范围内时代终结的场景。但用叙述的方式继续启蒙意味着总是去思考未来,而不是人类历史不可挽回的终结,是这样吗?

格:对。因为我们掌握着未来的命运。我甚至认为,我们仍与以前一样掌握着未来。就算所有的数据与所有发生的事件,直到最近在巴基斯坦原子弹的爆炸,给我们提供了相反的证明。或者您看看我们现在骇人听闻的丑闻:运输和储存核废料的卡斯托容器在不断被运走,尽管我们在八十年代就知道,它们已经被污染了。一个民族被控制在被监护状态。人们害怕让他们了解真相,否则他们可能会出现过激反应。来自政治与经济界的权力精英们团结在一起,女部长仍然在职。人们试图限制损失,但他们采用的方式不是去消除真正的损失,而是为了挽救核工业的声望与利润。这再次证明了我们的无能为力,我们不能去认识我们所犯的错误带来的结果,不能作出有效的补救,也就是说退出我们不能控制的东西。这些都证明了我在《母鼠》中所描写的。尽管如此我仍然要说,直到最后我也要说:

我们掌握着未来,或者说,我们曾经掌握着未来。

齐: 这部小说反映的、思考的、涉及具体历史的启蒙好像只出现在第三套广播电视节目中。您曾经说,人们听到的广播,包括第三套节目总是以"真实的、制造幻觉"的研究所出现。也就是说,在社会的整个文化体系中,尽管还在谈启蒙,但就根本上来讲都是虚假的幻觉。因此《母鼠》同时也包含了对媒体削弱一切启蒙的批评吗?

格: 至于收听第三套节目,我必须在九十年代对这部作品稍作修改。因为当时的节目在很大程度上还是话语节目、启蒙性的节目,而今天被迫接受音乐的熏陶以及对听众的不信任越来越被节目的领导们拔高为一种方案。他们的出发点是,不能用太长的话语节目去折磨听众,因此,比如为了高层次的听众,他们不得不在这些节目中一再穿插巴洛克音乐。这种做法既牺牲了音乐,也牺牲了所谓的话语节目,从而也牺牲了启蒙的过程。诚然,这是一个很缓慢的过程,人们必须抽出时间仔细倾听。片言断语、一点话语、一点音乐,播放的不再是整个奏鸣曲,而是一个乐章或者试播一个乐章。在八十年代,从程度上讲还没那么糟糕,因此叙述者在《母鼠》中还能从第三套节目不成熟的世界中挖掘一点希望,因为那个时代还有人在思考,在说出我们面临的问题。他还与这些人保持联系,而今天就很困难了。

齐: 今天蔓延的是表面的启蒙。

格: 追随现实、紧跟时代,这样就导致了只是一点一点地、匆匆忙忙地向观众灌输,我们假设听众首先或者只想了解最新情况。这是对听众的蔑视,是对自己节目要求的降低,与《母鼠》中的自我毁灭类似,这就是第三套节目的自暴自弃。

齐: 您谈到了《母鼠》复杂的叙述结构,换句话说就是对作品中在不同方面发生的现实的分解,也是对时间层次的分解。人们很早就知道发生核灾难,然后就只是用叙述的方式去描写事态的发展、去证明,去寻找发生的原因。

格:作品最后的三分之一更为复杂,因为通过现实的结束以及可能的现实的推进我们分不清楚是叙述者梦见了老鼠,还是他早就跟整个人类一样不存在了,还是老鼠只是因为思念而梦见了我们?我们其实早就不存在了,只还存在老鼠的梦想世界中。这些在作品接近尾声的时候都成了有争议的问题,继续作为不确定的元素存在,当然符合我们今天拥有的不确定的真实的概念。

齐:只有打乱对启蒙的秩序与时间顺序以及线行发展的想象,并要求读者去理解事物本身的"荒诞性",您曾经这样说,只有这样才能保持启蒙。这就是启蒙的原则吗?

格:对,当然。

齐:我又想起了加缪,想起了接受荒谬的思想。一方面是加缪的早期影响,我们已经多次谈到西西弗斯;另一方面是启蒙要求的对整体意义的整理。这部作品在整个棘手的结构安排中不也正好表现了这种在您的意识中其实一直存在的接受荒谬与通过写作进行整理之间的矛盾吗?因为写作也总意味着某种意义上的整理。

格:假如我的出发点是,人是完美的、有缺陷的结构或者一根弯曲的木头,倘若想把它扳直的话,那它就会断开,那我过去、现在也对此很感兴趣,那就是为偏离轨道的、被诋毁的东西正名。您看看所谓的非理性的方面:我试图按照启蒙和反对对启蒙的误解,把神话、寓言与童话世界吸收到我们真实的概念中,对启蒙的误解要把这些东西故作理性地排除在真实之外。或者您看看《蜗牛日记》,忧郁并不是作为病态,而是正常状态,是属于人的一部分出现。

在《母鼠》中,为了把我们现在置身其中的疯狂状态作为正常状态来接受,我不得不走得更远。接受意味着要认识到,我们都精神分裂了,我们好像什么都不曾发生过那样生活。但实际上发生了,而且还在继续发生。我们意识到这点的时候又立刻把它驱散开。在此期间我们已经训练有素地去忍受这种精神分裂的状态,而这是我们唯一能做的。这种状态已经成为常态。日常的疯狂在此期间早已成为司空见惯的事。我们与它共生。这些都反映在《母鼠》中。

齐:您也多次提到虚拟的,也就是电脑化的理性并强调了其意义。

格:在《母鼠》中出现了危机:因为无法再控制技术而导致的核能的最后打击。老鼠们咬断了引线,闯入电脑系统,当时还存在的两个权力制度的首脑无助地面面相觑,相互道歉。但他们无法再掌控一切,他们再也无法阻止灾难的发生。毁灭系统自动打开,又是一个被他们解释为难以胜任的过程。如果您现在再来看看我们生活的九十年代:人们是怎样何等迅速地把这一切推诿到材料老化或者人的不作为,并表现出无所谓的态度。我们并不愿意在我们的狂妄中去寻找原因。在基因操纵领域也同样可以看出我们的狂妄,这一点我在《母鼠》中也同样预料到了。

是怎样不顾所有的反对与人们的顾虑顺利通过法律的,因为研究与自由的原则是不应该受到限制的!究竟为什么不呢?这个问题从未有人作出过回答。恰恰是这些伟大的研究者,如爱因斯坦和其他人对原子弹感到震惊,他们后来说:这绝不是我们想要的。这些研究者作为人认识到,研究也必须被设置界限,因为在某些领域我们很快就可以预见到:如果我们这样或那样做——我们能做到,没有什么是我们做不到的——那我们就无法再控制局面,就会出现失控的局面。在此期间,不仅核领域如此,计算机、基因技术以及其他领域也是如此,在这些领域,我们就像那个魔法学徒一样没法让魔法扫帚停下来。

齐:您在小说中揭示了这种所谓"看似理性的妄想"。启蒙失败的原因很大部分首先是因为人无视自然的天性决定的界限。

格:人的界限与可能。人没有动物本能的直觉,动物靠本能做正确的事,但人有头脑,他有理性,可以干预、调整,他能这样做,偶尔也证明,这是行之有效的。弯曲的木头有理性的工具供它使用。因此,人也只能用启蒙的方式自己来调整启蒙走上歧路的过程,必要时让这一过程停下来,目的是给我们时间。这样我们又到了停留的片刻,休憩的片刻,而这在我们忙忙碌碌的世界被完全忽视了。我们除了理性的手段以外别无他法。我们不能祈祷这种状态健康发展,否则我们又退回到纯粹的迷信。

齐:您发明了"理想动物"这个词。意思是说,人类不具有与自己自然属性相符合的想象力与创造力。这样,我们与动物就有相似之处。比目鱼和母鼠、狗、铃蟾、蜗牛、猫与鼠,它们与人类有哪些相似的地方呢?

格:当然这些都是人的投影。在不利的情况下,我们倾向于把我们内心深处怪异的东西转变成动物般的魔鬼,也会把它们变成美好的理想动物的形象,如独角兽。我们整个幻想世界、我们的绘画与艺术世界里充满了各种各样的动物形象。假如我们要解释我们的错误与美德、我们的愚蠢与过失,那我们喜欢动用动物寓言。从拉封丹到列纳狐的寓言世界里都反映了我们人类的行为方式。《母鼠》也同样如此,只是采用了不同的风格、不同的意识状态,面临的是世界不同的状态,即已经开始的自我毁灭,我们面临的不是自我毁灭的威胁,而是已经开始的自我毁灭。

齐：在格拉斯色彩斑斓的动物世界里有幻想、愿望、希望、沉没在历史中的担忧与期望。其中隐含了与自然和解的可能性吗？

格：在此，作者又是一个不可靠的目击者。如果我仔细考虑一下的话，那这是从雕塑与绘画开始的。早在学习期间，当裸体人像的学习与人体还占重要地位的时代，我就同时把动物作为我的模特儿。我素描动物、画动物、雕塑动物或创作与动物类似的作品，鸟、鸡等等。这样，我的第一部作品《风信鸡的优点》便是从我画鸡的时期而得名的。在这部作品中，动物被象征性地描述为风信鸡、作为对愿望的设想、作为某种轻松的、灵活的、几乎不可捉摸的东西。

接下来是《猫与鼠》和《狗年月》，其实这都不是我事先计划好的。我很多作品的标题中并没有标志性的动物，但却一直出现动物，直至《铃蟾的叫声》。当然总涉及那些有某种特定含义的动物，如铃蟾来自浪漫主义时期。在浪漫主义时期，仅靠对童话的收集整理就有很多关于人与动物的交往、对动物的解释以及动物与人的关系被记录并流传下来。至于老鼠，还有一个原因，我总受到它们的吸引：在五十年代在我的作品《洪水》中就有两只说话的老鼠；我早期关于老鼠的诗歌也出于相同的动机。《母鼠》的开头，我就画了老鼠的素描，根据我的想象，在诺亚方舟里没有老鼠的位置，它们不准踏上方舟，它们被淘汰了，尽管这样它们仍然幸存下来。老鼠知道，一旦人类不作为的时候，它们就被看作罪魁祸首，这让我们常常想到犹太人。人们把鼠疫在欧洲的传播时而归罪于老鼠，时而归罪于犹太人，或者认为两者都是罪魁祸首，这些导致了对犹太人的大屠杀以及灭鼠行动。所有这些，包括哈默尔恩捕鼠人的寓言在我的作品中都有反映，这使人与动物的过渡非常流畅。人与动物开始对话，这是文学提供的可能，否则一般是不会发生的。

齐：不管怎样，在此再次出现了历史反思中的矛盾，它包含在作品的象征与题材中。母鼠带有反乌托邦以及颠覆性的元素;它也打破了叙述者的幻想。尽管人们不知道,它在何种程度上是真实的、是现实存在的,它有虚构的特点,但它作为一个讨论的伙伴至少有很重要的影响。全部这些特征再次组合成了一个艺术形象,它在不同的真实层面跳跃,迫使人类面对自己方向的迷失与无助。

格:它把所有的书都吃了,它知道书的内容。当然,它一贯令人惊讶地、坚定不移地坚持自己的观点。它无情地让人类遭受自己酿成的危机与灾难,不容忍他们任何东西,任何借口或虚假的理性化。尽管如此,我们也不能说,《母鼠》只表现了这个充满灾难的世界。您看看这首雄壮的告别悲歌:"我梦见,我不得不告别",在此再次在自然被破坏的状态中与那些自然给我们提供的东西告别:那些曾给我们带来乐趣并且仍然带来乐趣的东西,与那些香味、那些味道告别,但也与上帝与巴赫,与我们为自己创造的风景以及一切人类可能拥有的东西告别。只要人们愿意去感觉的话,在这部作品中自始至终都能感觉到这首悲歌的氛围。

齐:这只母鼠让叙述者看到,今天要获得真实、未来与信心是多么的困难。叙述者倾向于忽视问题,逃避问题,而它则不知疲倦地、坦诚地、不抱幻想地用自己洞察未来的眼光说,是什么,什么还一定会出现。这样清醒的头脑来自这只母鼠。

格:对。它要生存。它建议人类去发展同样的生存愿望,像老鼠一样不惜一切手段生存下来。其能力备受老鼠钦佩的人类应该采取预防措施。但它也认识到人类努力中的异想天开,这样的努力会事与愿违,导致自我毁灭。

齐:在某种意义上说,老鼠代表了人类好的一面,更自然、更能正确评价自己的一面。

格：是，在它有限的状态中。它知道，有些东西它是无能为力的。它必须练习直立行走。

齐：老鼠生存下来了，因为它们比人类更符合自己的方式、更符合自己天性地生活。

格：但它们在人类灭亡后的历史中也再次面临人类的臆想与恶念，因为通过基因技术成功地培育出半人半鼠的物种：瓦特森·克瑞克斯，它们表现出老鼠的行为方式，有很强烈的生存欲望，同时具有人类魔鬼般的权力意识。凭借这些灾难性的组合，它们控制了老鼠各族，使它们成为自己的奴仆。也就是说，人类的历史再次以老鼠的形象重复出现。

齐：我的问题是人类灭亡后，人类与老鼠的亲和性。老鼠幸存下来后，它们再次成为与人类相似的思想方式的牺牲品，就像人类自愿走向毁灭一样。这意味着什么？这是您反乌托邦的再次极端化吗？

格：请不要让我解释我的作品。

齐：我只是想与您共同探讨，如果可能的话。

格：让我去解释我的作品的话，那我的解释水平恐怕不会高的。

齐：我的理解是这样的：就连按照自然法则生活的物种也因与人类相似的问题而失败的话，那则意味着对自然更极端的破坏。

格：您就把这部小说看作是一种警告吧，一种毫不留情的、没有任何出路的警告。作品中不再存在希望，只有不断地警告人类自己亲手造成的灾难,并没有人强迫他们这样做。

齐:这种困境适合这部作品的类型,作品在讲述,是"启发式"的,也就是说一开始就是"启蒙性"的。我认为,这意味着对存活下来的东西的极端化,给未来蒙上了更深的阴影。

格:的确我作品中的老鼠一开始就是启蒙的,因为它们在人类历史之初就面临禁令:不允许它们踏上诺亚方舟。它们很早就被迫意识到自己被人摆布的状态,从这一意识中不仅发展出它们活下去的愿望,也发展出它们存活的技巧。

齐:而老鼠最后还把由人类造成的、自己的变种理解为幸存。

格:然而实际上是反常的、最后通牒的形式,瓦特森·克瑞克斯——最后一个让人回忆起人类的物种——取胜了,天知道,这已经不再是人类的胜利了。

齐:对这只形象的母鼠的整个意图,人们肯定还可以作出许多猜测。我阅读这本书的感受是:作品通过多线条的叙述、创作动机以及它所描写的人与动物的世界要表现如极为复杂的、无声的演变之类的东西。您是这样认为的吗?

格:我们给它们带上口套的所有的东西在作品中都是我要描写的主题。在我们平淡无奇的现实世界中,人与动物之间只有尝试性的对话。一位孤独、年迈的老妇跟她的金丝雀说话,或者当我与我的狗说话,它也在认真倾听的时候,我突然觉得,它听懂了每个字。但这只是一种猜测。文学,说话的书,当它也以童话和寓言的传统为出发点的时候,就会使在平淡的现实中不可能或者几乎不可能的东西变为可能:生物与生物间,即动物与人之间以说话、讲述、互相纠正的方式进行的交往。这一点要成功的话,那我得把人——万物之灵,从与上帝相似的宝座上拉下来,坚决反对任何基督教的要求:人应该把地球变成自己的奴仆。我们在此期间已经知道,这会导致什么样的后果。《母鼠》并没有以论点的形式说出这一切,而是在讲述,很形象地表现这些,采用的方式是用自己的表现手段去消除这些口套以及说话的禁令。

齐:那在虚构的故事以后依然还存在一个现实的故事。《母鼠》出版后,故事在继续发展,我们并没有经历核灾难。宣称时代终结,对人类神秘的惩罚,难道没有让这部作品陷入一种相对危险的境地吗?

格:我迫切希望的是:我们能重新通过启蒙,使我们在启蒙的意义上所做的荒唐的事走上正轨:退出核能,限制基因技术,制止破坏环境,换句话说,也就是用这些行为来驳斥我的作品。除此之外没有什么是我更愿意看到的了。然而这些迄今为止并不曾出现。如果您说,时代在发展,我们并没有经历核灾难,那我只能说:我们还没有经历。我们有时候只是与灾难擦肩而过。

在此期间我们知道,冷战期间,通过军备竞赛而维护和平的并不是非得要核战争,而我们今天看到,军备竞赛仍然在继续,那些我们所说的一贫如洗的国家,如巴基斯坦和印度,它们也要以拥有核武器的国家为榜样宣告自己是核大国。我们对此佯装愤怒,尽管我们知道,美国,也有德国向这两个国家提供部分核技术,道德大国法国对这两个门槛国家表示愤怒,殊不知,法国不久前也引爆了原子弹。这种虚伪的行为屡见不鲜,现在穷国也胆敢继续这样疯狂的行为。这些虚伪的行为可以在《母鼠》中自成一章,或者可以对《母鼠》进行改写。所有在《母鼠》中所警告的这一切并没有得到现实的驳斥,叙述也意味着警告。

齐：《母鼠》在告诫人们，它并非一定在预言人类的终结，而是这一愚蠢的过程，对吗？

格：这一点在叙述过程中，直到无法解决的问题都很清楚。谁梦见了谁？这一切是一种投影吗？正如同作品中对真实与伪真实的处理是作品中的一个题目一样。

齐：您刚才用了一个我很感兴趣的表达：自从八十年代以来"未来的时间概念已经变化了"。这部作品是从这一思考为出发点的。因此，《母鼠》用特殊的方式来处理时间的层次，设计了自己的事件发生的现实时间。作品中所有在继续的时间都被打乱、线性的发展应该有自己的断层、矛盾性与任意性，您会把这些想法看作是您天生的写作才能吗？

格：我该说些什么呢？我只能用作家能采用的手段——我只有这些——，从我写作的经验出发，对我们被迫接受的线性发展、时间顺序、不断向前的进步进行质疑、打乱、进行联结，直到一切变得好像交织在一起难以解开。但对它的解释我必须要留给他人来做。毕竟我们有一群评论家，如果每个锅都配上一个锅盖的话，他们才会满意，不管锅盖合不合适。此外，文学与叙述附带也在泄露秘密，同时也在制造新的秘密。

齐：关于时间层次的问题我之所以觉得很有意思，是因为，您用您的叙述的时间结构来反对肤浅的"现在"的时间概念，反对不假思索地对"此时"与"现在"的确定，反对回忆的失去以及对日常恶行的轻描淡写。

格：《母鼠》中有一首诗，在诗中列举了所有这些可怕的东西：然后发生了什么，在此之后发生了什么。突然说：然后出现了货币改革。诗歌中的叠句大致表明了我们在与历史的交往中思考的减少。仿佛是解脱的时刻:所有这一切可怕的东西发生了,然后……然后出现了货币改革。尽管我们发明了巨大的技术潜力,但我们面对所发生的事仍然致力于一贯的熟视无睹的行为方式,诗歌中一再出现这样的答案:然后出现了货币改革。

齐:关于《母鼠》在何种程度上描述了世界末日的问题,我们已经谈过。您的答案是否定的。那世界末日另一方面也意味着"揭示",揭开面纱。我想,这个观点对于我们的内容是有意义的。

格:我们这样说吧,我们谈的是一种世俗的世界末日。我不想在这个概念上争论。不管怎样,作品中描述的绝不是上帝作为刑事法庭对人类的判决,而是我们自身造成的,一种自己酿成的世界末日的灾难。

齐:您指出,《母鼠》的叙述结构与叙述层次常常也在探讨潜在的可能性、表象的世界、幻象以及下面的问题:社会知识到底是怎样出现的?意识发生了哪些扭曲?《母鼠》涉及的社会无法再控制自己、控制自己的精神力量。母鼠这个艺术形象出现在媒体墙上,而我们无法确切地知道,这一切是否出现在梦境中。同样我们也不知道,所指的是哪种现实层次,是梦境中的还是媒体中的?多种虚构与投影交织,作品中有多层次的检验现实的游戏。看起来好像历史上具体的东西总得为自己的意愿抗争,它们总是陷入危险的境地,被虚构与纯粹的象征吸干、吞噬。这部作品对您而言也是一种获取真实的抗争吗?

格:母鼠一再试图让人类了解真实、他们自己闯下的祸以及非虚幻的东西,或者让他们注意到要告别的东西,如在这首很长的悲歌"我梦见,我不得不告别"中,悲歌列举了一切真实的、有气味、有形的东西。这些可以触摸的东西一直贯穿全书,可以在不同的叙述线条,直至《格林森林》中都可以找到。

齐:真实在假象与不确定中可能变得模糊的危险对时间来说也是如此:过去、现在与未来面临在不受约束中解体的困境。《母鼠》一个特别的成就常常被人称赞:它发展了一种"未来叙述的方式"。这种思想与题材来自何处呢?

格:如果人们仔细看看的话,那人们现在所做的这些努力也属于可以触摸的真实:如为未来的灾难做准备、用大型的宇宙飞船在地球以外修建幸存的空间或者在地球上把整个城市修建在地下或者建造既可以举行婚礼,同时又可以购物的购物中心,把这些购物中心像南海的岛屿一样装饰起来。所有这些表现世界都被搭建起来,它们一直渗透到日常的电视连续剧中,早就被当作现实被人接受,它们是人们的旅行目的地,在广告中诱惑着人们,在此期间它们已经属于我们梦想的旅行目的地。这部作品警告人们的并不是可能发生的,而是每天都在发生、在蔓延,成了我们疯狂状态的一部分的东西。

齐:叙述者一直面临真实的丢失以及蔓延的物质世界幻觉说的威胁,您以让·保尔的方式让您的主角以地球外旅行者的身份超脱这一切,这样再次插入启蒙的讽刺性。

格:这一切也都在愚弄自己。甚至老鼠觉得自己太像人的时候也在讽刺它夸张的对人的赞美。我的许多作品并不是用黑框、用不可避免的悲剧的震音写成的,而总是用讽刺的说明:朋友,这是你自讨苦吃,发臭的是你。

齐:这种讽刺性的游戏您在这部作品中比《比目鱼》走得更远,尤其是涉及童话的时候。因为《母鼠》中有对童话讽刺性的模仿,也有对它的现实化:令人敬畏的东西被荒诞地置入八十年代联邦德国的政治氛围中。

格:故事是这样开始的:这位联邦总理,显然是目前仍还在职的总理,要与家人一起参观这片永恒而美丽的德国森林。然而森林被破坏了,因此人们就把事先画好的森林背景挂上去,不再存在的鸟声从磁带里传出。陪同总理参观的还有两位国务秘书和格林兄弟,他们目睹了这一切,但仍然很平静,他们仍一如既往地认为,他们能预防更糟糕的事发生。整条叙述线条根据这个故事叫《格林森林》。当然还有安全人员在场,保障不发生可能出现的事故;在这儿演唱的合唱团首先被检查是否带有武器。然后是以童话形象出现的孩子,他们是亨塞尔与格莱特尔的形象,他们向总理敬献橡树的果实和圆号,全都是健康的森林与世界的标志。接着,总理的孩子们叛离了社会,他们觉得这一切非常可怕:他们剪断了用来挂森林布景的绳子,关掉了鸟的叫声,踩扁了圆号,向总理扔橡树的果实。然后他们逃进了被破坏的森林,变成了童话中的亨塞尔与格莱特尔。他们跑啊,跑啊,最后他们跑到一家类似博物馆的森林旅馆,在这儿他们碰见了童话中的人物:长发公主、白雪公主、小矮人都住在这儿,并有特定的任务。每个人都在讲自己的故事,每个人都知道,这家森林中的旅店受到了威胁。最后,这些童话人物共同起义了。

齐:当您如此尖锐地把童话引入讽刺与荒诞的时候,是否削弱了童话的叙述潜力呢?

格:尽管这一切是从真实的政治开始的,但却发展成了童话。在这个童话中,童话中的人物再次用他们的魔法进行抗争,然而却敌不过技术的优势。他们最后被夷为平地,被消灭了。当然,这一方面符合童话的传统,另一方面也符合从现实出发的童话。汉斯‐克里斯蒂安·安徒生常常把他的童话与现实结合,以他自己的亲身经历为出发点写作。

齐：从另外一方面来看，在这儿发生的事只能成为一部默片，这又涉及媒体对事件的利用与再现。

格：这部默片有简单的字幕就足够了。这一切是以电影脚本的形式完成的，期待着它的实现。

齐：奥斯卡·马策拉特，我们一定要再谈谈这个人物。他在《母鼠》中再次出现，他六十岁了，前列腺出了问题，他在去祖母家的路上，她要在但泽庆祝她的一百零七岁生日。最后，我们的马策拉特先生被原子弹变成了一堆焦枯的东西。这是叙述时间的终曲吗？奥斯卡与但泽的世界以平常的视角来看无法再返回吗？他们已经完成自己的使命了吗？

格：根据西西弗斯的原则，像这样的东西绝对没有完成使命的时候。它会不断以新的形象出现。但泽或者波兰语的格但斯克在《母鼠》中被中子弹炸毁，这就是说，建筑结构的核心被保留下来。之后就连煤炱层也被老鼠辛苦地搬走，这样砖结构的哥特式风格又重新显露出来。祖母被焖坏了的残骸以及祖母裙子下面那堆焦枯的东西——这是曾经的奥斯卡——被老鼠像圣像一样抬到玛利亚教堂作为人类遗留下来的东西的象征而加以膜拜。对我来说，这个故事的结果是使我摆脱了奥斯卡，但这只是附带的结果。

齐：可以这样说，奥斯卡在《母鼠》中也表现了某种撒旦般的东西，他通过制造图像成了意识形态的供应者、未来的生产者与操纵者。

格：他至少被媒体领域的可能性与可行性吸引，这样，他的顾虑完全被打消了,假如他有顾虑的话。他也成了牺牲品。

齐:《母鼠》中剩下的还有那些妇女……

格:她们在寻找她们的维内塔号,她们看见了它,并发现,这艘船上也住满了老鼠。她们的惊恐,在最后的希望的伴随下,她们穿上节日的盛装,想往下走踏上维内塔,进入女人的世界——她们的乌托邦,再没有男人统治的地方,最后,她们的希望以一声巨响而告终。她们逐渐消失了。船的残骸四处漂散,在货舱里唯一幸存的是在戈兰特岛(Gotland)上船的瓦特森·克瑞克斯,有一天,他们上岸了。

齐:也就是说,对解决性别斗争以及世界上完全不受限制的女性原则的希望也是一种假象吗?

格:一切都毁灭了。

齐:《母鼠》为世界展示了一幅灾难的幻景。您,格拉斯先生,常常特意离开西欧,去亚洲,到印度,首先是到加尔各答旅行。加尔各答在您的素描中也有着特殊的意义,如在您的作品《亮出舌头》中。这样的旅行对您分析世界形势有什么意义呢?这样回过头来看欧洲,有哪些方面更开阔了呢?

格:我想,我得从我的政治兴趣谈起。我最初关注的完全是联邦德国的状况以及它对自己历史的处理。您看看对维利·勃兰特的诽谤、阿登纳在雷根斯堡臭名昭著的讲话,这些事件激发我公开表明自己的立场。而通过勃兰特我逐渐下意识地去关注世界上被人喜欢成为"第三世界"的部分,我一直认为,勃兰特是一个具有指导意义的政治家。勃兰特辞去总理的职务后担任社会主义国际以及南北委员会的主席。为了消除对第三世界国家的歧视,他很早就指出了姗姗来迟的世界经济新秩序。勃兰特发表的两篇《南北报告》连他自己的党内也未被引起注意,更不用说引起整个公众的关注了。然而他的预测是正确的,如果人们认真对待他的建议的话,那这些建议仍然是我们很多考虑与决议的基础。

这些促使我亲眼去观察。但我不是坐在桌边就能做到这点的人,我必须去那儿,亲自去经历。在此期间,我再次结婚了。我与妻子乌塔一起先去了亚洲,日本、中国、印度尼西亚、泰国和印度。当我第一次一个人在七十年代中期去印度的时候只在加尔各答待了三天。当时我在这个挤满难民、在放眼都是贫民窟的城市里吃惊地发现,尽管这样,这个城市仍然充满生机。我觉得,在加尔各答西方殖民行为以及西方对它的放弃还残留着影响,当然这也与印度自身所犯的错误有关。这就是说,在加尔各答,既有西部和北部国家的富有,也有南部国家的贫穷。这样,我逐渐有这样一个愿望,去那儿待更长的时间,更仔细地观察,在那儿生活。当我们的孩子长大,从家里搬出去后,我的愿望才得以实现。这样,《母鼠》出版后不久,我与妻子去了加尔各答,在那儿生活了半年。

可笑的是,我的这次旅行被公众视为逃离西部德国。可以看出他们暗藏的胜利感:他终于逃走了。事实上,这是我向往已久的计划,我终于能把它付诸实施了。可笑的事还在继续:我在加尔各答住的房子被《明镜》周刊暗中窥探,因为我拒绝采访,我对此既无时间,也无兴趣。这样,他们就派暗探来观察我每天的生活,以便能挖掘出一篇典型的《明镜》周刊半真半假的报道。这些我只是顺便提一下。在加尔各答的停留很辛苦:对我的妻子很可能更累,因为在一段时间后,我便开始把我的经历诉诸笔端,而她则完全被日常生活所缠绕。因为我们没有住酒店,没有空调,而是住在一个当地中产者能负担的房子里。

刚开始写作是不可能的,因为我无法用语言来表达真实的状况:这时,另一种表达方式,素描帮了我。我用素描、速写来接近真实,直到我又能用语言来表达。这样,从日常的琐事、日记、速写以及一首涉及面很广的关于加尔各答的诗的第一稿中产生了这本奇特的《亮出舌头》。在这部作品中,散文、诗歌以及素描相互交叉,互相渗透、交替引用、相互影响,同时它也非常清楚地说明了,我们在我们经历的空间中仍然是多么的陌生,这是我在此之前就预料到了的,我们观察得越仔细,这种陌生感就越强烈。

在印度,与真实有一种特别的接触,它逐渐影响了我的写作风格,还附带促成了我还很抽象的一个写作计划,这个计划我多年后才得以实现。在加尔各答每天都停电,我们中午睡在蚊帐里,98%的湿度,很闷热,我梦见了北部的一些东西:我在我们德国北部石勒苏益格-荷尔斯泰因的房子里,从我画室的窗户望出去,在花园里,我的妻子乌塔和一个年老的先生在交谈,两人很亲密,他们在笑,显然,他们认识很久了。我觉得这位先生有些眼熟,我更仔细地看了看,发现,这是老冯塔纳。我的嫉妒之心油然而生,但同时,我也理智地考虑,现在不能贸然行动。在梦里,我拿了一个凳子,走到花园里,坐到他们旁边。现在成了三个人的谈话,也就是说,成了一个三人的婚姻。我做这样的梦有很充分的理由,因为那时乌塔很精通冯塔纳。作为一个作家,我虽然很欣赏他,也读过他的很多作品,但这时我才开始大量阅读乌塔带到印度的冯塔纳的作品。

至于冯塔纳的两次伦敦之行,我一再看到他有关的笔记、说明以及文章,从中可以看出他对英国殖民政策的批评。他目睹了在印度出现的第一批起义,首先是印度兵起义,起义被英国血腥镇压,这样,冯塔纳的见解与认知对我们这次在印度的旅行逐渐产生了影响。这些都反映在我的日记中,比如我在日记中问他,对在加尔各答的维多利亚博物馆有何看法。跟以前一样,博物馆中展出的首先是殖民统治,而不是今天的印度。冯塔纳对我的问题作了讽刺性的回答,这些都深深地印在了我的脑海中,但并未从中发展出更多的东西,仅一个想法而已。

我所有的注意力都集中在加尔各答未来的发展方面。我们本来打算在这儿待上一年,可半年后我们不得不中断我们的计划,因为这儿的一切对我的妻子太辛苦了。回来以后,我还花了很长时间对这个题目进行加工,后来出现了一本被批得体无完肤的作品,按照西方的情况,这很正常。

齐:他们是这样批评您的:他们认为,您并未真正找到一条了解第三世界问题的通道,您只不过是或多或少地为了表现自己在那儿到处旅行,您想用虚伪的同情在西欧引起对自己的关注,您太多地沉溺于西欧作家的美食而无法感知印度的极度贫困。这并未阻挠您继续对国际以及国内的灾难、对生态的破坏以及其他更多的事提出异议,如在您的作品《死木》①(*Totes Holz*)中。

格:在加尔各答的停留激发我从新的角度、更强烈地去感受被我们破坏的东西。因此,毫无疑问,我的下一个题目是:对森林的破坏。我在《母鼠》中对此已有所涉及。我又应该亲临现场,我要亲自去观察一切。古老的手工业和师傅的指点:先看,再画,这条古训依然有效。我去了哈尔茨山的边界以及其他地方。在这段时间可以发现,民主德国是怎样瓦解的,我把这些都画在了矿山的山脊上。从中出现了《死亡的木头》,我在这部作品中采用了一种有趣的混合形式写作:一方面是描写人与森林关系状况的格言警句;另一方面是引用1989年森林状况的报告,这是联邦政府每年都要提交的。报告的官方语言与我写的东西形成强烈的对比,但两者却无法分割。

但这些都是在莱比锡星期一游行以及其他大规模的示威中发生的,他们的游行标语很有趣,如"锯掉权贵,保护树木"。随着柏林墙的倒塌,我在加尔各答作出的计划获得了新的生命力。下一步是:德国的统一。《十一月国》——这是我后来写的一组十三行诗——开始准备德国的统一。这对我来说也是明显的时代的断层。持续了几十年的冷战及其带来的后果,这一切仿佛都成了过去,在冷战中,军

---

① 又译《枯木》。

备竞赛、扩充军备以及不断地扩充军备消耗资源,这也使第三世界卷入了由意识形态、军事以及经济力量决定的两大权力集团的斗争。

我认为,在这个转折时期显然发生了许多彻底改变、动摇社会的东西。德国统一带来的利益一开始就在快速完成的统一过程中被白白浪费了,统一中采取的措施带来的后果只是不公正与新的分裂。西部德国并不太愿意去肯定曾经生活在东部的一千六百万人口的经历。可能一开始人们宣称要这样做,可一旦落实到行动上,并不是像文件中所写的东部加入西部,而是西部合并了东部。殖民统治者来了。不管是东部的法官还是大学里的教授,他们大多是人们的第二或第三选择,他们在西部德国找不到自己的位置。他们在东部德国有自己的职位,而民主德国曾是党员的那些知识分子在统一后被免职、被解雇。一个殖民机构出现了,他们认为,他们不需要对这些人表现出更多的尊重。他们的口号是:像西部这样做,便什么问题都解决了。但问题并没有解决。在这样的氛围中,我一开始还通过演讲、写作的方式表示我的抗议,这是我习惯了的、经过长期训练的抗议方式。后来,我觉得自己就像鹦鹉,并没有人在听我的。那既然这样,我就采用理性的方法。于是我做了我力所能及的事,我先写了《铃蟾的叫声》,然后是《辽阔的原野》。

七　不统一的意义游戏

——一位诗人爱国者的苛求

齐：小说《辽阔的原野》在读者中取得了很大的成功，而评论界对这部作品却不太认同。

格：我不得不改正您所说的。我想，我们倾向夸大毁灭性的评论。确切地说，一开始也有积极的评论，其中大多数都刊登在东部德国的报刊上，只是西部德国不愿承认。就连那些友善的人也根本没有认识到，新联邦州的报刊对这部作品非常关注，非常了解。

齐：积极的评价肯定是有的，在西部德国的报刊上也有。但在西部除了《法兰克福汇报》以及《南德意志报》以外，其他在舆论导向中占主导地位的报刊时不时地以荒唐的方式发表自己的反对意见。不过，这不应该是我们要谈的话题。这部新作品《辽阔的原野》把短短几年的转折时期扩展为庞大的对历史的描写，这又是一部有宏大的、看起来有些杂乱的叙述结构的作品，有多个叙述角度，形式上与《狗年月》类似，同样有一个叙述的集体。作品中一再出现对历史的影射、甚至是对历史的双重反映。官方的原材料、日常的语言、统一与转折时期争论的话题被拼在一起。冯提，这个主要人物曾经说："碎片比完整要好。"这是您对您选择的这部作品的特殊结构的告白吗？

格：不只是对结构，也是对人类存在的告白。如果我与人类有着友好的关系的话——这种关系我是有的——那这种关系的基础是，这种关系是部分,一般来讲是已经被破坏的部分,这对我来说也是如此。"完整"则是超人的一种要求,常常是非人性的。我们在德国倾向去兜售"完整"的概念,并把它像神一样敬奉为衡量一切的标准。尽管我与冯塔纳有很多不同的地方,但也有相似之处,我在研究冯塔纳的生平及其作品和他的书信往来中发现,他是怎样把"真理"首先看作是一种无聊的东西的。真理同样也是一片辽阔的原野。他认为"完整"是某种可怕的东西,因为他也在与部分打交道,用被组合起来的部分写作。

与冯塔纳的"绯闻"。尽管这只是一个梦,但它促使我在加尔各答深入地去研究这位多次受挫的作家,不仅在他从六十岁开始创作的作品中,而且他的整个生平中都有某种现代的成分。他年轻的时候是莱比锡赫尔维格(Herwegh)俱乐部成员,支持过前三月和1848年的革命,参加过街垒战,为自己拉过选票——年老的时候,他觉得这些都很可笑——不久陷入了拮据的经济状况,他刚刚结婚,没有资金开药店,打算移民国外。这时,有人给他提供了一份工作:在他憎恶的曼陀菲尔(Manteuffel)政府下的一个审查机构工作,他接受了。他梦想已久的愿望终于实现了:离开乌烟瘴气的柏林/普鲁士,去一个远方的世界。在曼陀菲尔政府任职期间,他曾两次在伦敦停留,并为极端反动的《十字报》写文章,他的工作是普鲁士间谍,从高柯(Gauck)机构以及我们今天的判决机构来看,他所做的工作是国家秘密警察干的事。比如,他贿赂一家英国报纸,只写对普鲁士有利的文章,当然这一切都是按命令行事。根据他上司给他的评价,他是一个蹩脚的间谍,但他是一个间谍,他为此非常痛苦。当然,这也带来了一定的后果,因为他住在伦敦,在这儿有很多1848年革命后逃亡的德国人,他认识其中的某些人,一些人也认识他并知道,他在为曼陀菲尔政府工作,因此他在伦敦在很大程度上是孤立的。

后来,冯塔纳回到了柏林。曼陀菲尔政府被推翻了,他再次陷入了经济困难,他又开始为《十字报》写文章。很多年以后,他才从靠写作赚钱的困境中解脱出来。后来他又做了一些讨好普鲁士政府的事,实践证明,这些事是真正的苦差事。由于普鲁士发动的对丹麦、奥地利以及法国的战争,他写了整整十二年之久的关于战争的书,就篇幅来讲,这些书远远超过了他的作品集。《漫游勃兰登堡边陲》依次出版,他被允许为《福斯报》工作,他认为,这家报纸有点太自由化,但给了他一定的自由,把他从《十字报》解脱出来。五十七岁的时候,他的朋友与家人给他介绍了一份普鲁士王室艺术研究院常务秘书的职位,他的妻子希望他最终有一个像样的职务,有一个经济有保障的家。工作三个月后,他发现,他陷入了一堆空前的阴谋中,于是就撒手不干了。

将近六十岁,他才第一次成了一位自由作家。他的作品如今一本接一本地出版。这位启蒙的保守主义者,老普鲁士的仰慕者,现在成了社会内部没落的目击者。他的书信比小说还要多,它们反映了他对永远的后备少尉、守旧的枢密顾问以及商务顾问,下午布道的虚伪的基督教,当然也对暴发户与新贵的厌恶之情。他在《珍妮·特莱伯尔夫人》中对这些作了非常精彩的描写,他对这一切都直言不讳。

总之,这些结合在一起使我觉得他具有很现实的意义。因此,根据他创作一个艺术形象的想法一点也不牵强,反而易于理解了。但同时,我又想再次回到古老的、经证明行之有效的流浪汉小说的变种。就像堂吉诃德与桑丘·潘沙或者狄德罗《宿命论者雅各》中主仆的形象,或者像福楼拜作品中的布瓦尔(Bouvard)与贝居榭(Pécuchet)一样把流浪汉小说从头到尾彻底去经历一遍,我的作品中也应当由一对人物来完成:冯塔纳一百年后出生的特奥·乌特克(Theo Wuttke),大家都亲切地称他冯提,因为他完全把自己当作冯塔纳,另外一个人物,也是主要人物叫霍夫塔尔,他是一个文学形象的继续,这个形象的雏形来自汉斯·约阿希姆·舍德利希(Hans Joachim Schädlich)以及他的小说《塔尔霍夫》。

这部小说的前史很特别,也很有意思:舍德利希把他作品的校样给我带到了加尔各答。我在加尔各答看完了这部作品,被它振奋不已,现在我也认为,这是一部非常出色的作品。只是我不同意他的结尾。如果人们虚构出这样一个杰出的、不朽的间谍形象,尽管制度变来变去,而丝毫不影响他继续工作的话,那我认为,没必只是因为1953年6月17日失宠后就要让他在1955年死去。我在一封信中提出了我的异议,并告诉舍德利希,我要让这个人物继续做他的间谍工作。在小说《辽阔的原野》中,我这样做了。

齐:根据我的印象,选择冯塔纳这个多变的,如此接近时代的人物正好解释了,为什么《在辽阔的原野》中"过去、现在与未来"时间的交叠一定要以德国的历史与现状为重点。我认为,这部作品没有什么幻想的成分。关于即将出现的"柏林共和国"只有零星的暗示,更多的是对"现在"深层次的历史分析,而将怎样发展是悬而未决的,对吗?

格:某些在《比目鱼》以及《母鼠》中涉及的、我们也许可以称作幻想的题目,如在媒体领域开始出现的东西,今天的确在发生。在《铃蟾的叫声》以及《辽阔的原野》中,海湾战争起着重要的作用,当战争在屏幕上被当作真实的画面被展示,同时也表现出一点蒙骗人的虚幻与消遣的时候,那就是所谓的发生在房间里的海湾战争。这种经过处理的海湾战争与残酷的真实的战争、沙漠里的牺牲没有一点关系。《铃蟾的叫声》中有一位老妇,艾娜·布拉库普,她预料到了整个媒体行业的骗局,看到了"沙漠中可怜的阿拉伯人",正如她所说,他们也是人。《辽阔的原野》中是冯提,他只能在电视屏幕上看到他的艾米,他看透了电视中被作为真实来展现海湾战争的种种骗人的、虚假的故事。

齐:但我认为,正向着未来变化的德国被您故意渐渐隐去,当然,德国自1989年以来就已经发生了很大的变化。如,冯提的孙女,她本来可以成为向前看的青年的,可她偏偏要去研究冯塔纳,也就是说又是在研究遥远的过去。难道其中没有隐含着您有意识的决定:先去穿越德国过去与现在的历史吗?

格:我不愿把它看作是幻想,但我对托管局事务、对西部一开始"占有"东部的描写,并在叙述的一再重复中,我已经预料到了统一过程中带来的灾难,直至对下一代的危害。现在已经隔了一段时间,请现在去检查我笔下的托管局吧。恐怕这个叫托管局的不负责任的机构带来的危害比我预料到的、比我写下的要多。当然这是有限的对未来的预测,完全限于两个德国的统一过程,但每个人都可以自由地去检查我所描写的东西。

齐:这部作品中一个很有特色的方面是:它对后代来说包含了类似纪录片的视角。我认为,为了用您的方式去展现当时的情况,您在作品中特意整理收集了许多日常以及讨论的材料、很多公开的讨论与观点。二十年或者三十年后,几乎没有人还能想起我们现在的报刊与政治家,但这部作品却能起到见证人的作用。

格:还有一点,在媒体的帮助下,肯定也是我们总理的特殊愿望,从一开始我们就编织了一个神话:他们幼稚的愿望是,请这样而不是那样来编写中小学教材:科尔是统一的总理。一般来讲,历史的胜利者也是历史的撰写者,按照这种保守的、过时的模式来书写历史,总让我感到很气愤。我写作这部作品的一个动力是,在胜利者吃早餐时去打扰他们、去扰乱他们的计划、从另一个角度来书写历史,但这只是一个动力,而不是唯一的动力。要写一部这样多层次的作品,光靠这一个动力是不够的。为了能好几年忍受一堆手稿的煎熬,就需要好几个动力:为了让作者保持写作状态,有时受这个、有时受那个动力的驱动。我希望,我成功做到了这点。至少人们对这部作品的反应是这样的:胜利者觉得在吃早餐的时候被打扰了。有人胆敢对他们设计好的对整个历史的限定提出异议。那我算达到了一定的目的。

我在写作中采用了我传统的写作方式,绝不从胜利者的角度去评判,而是用格里美尔斯豪森教我的方式,从底层去理解,从经历历史的相关者的角度去理解历史。这就是《辽阔的原野》的叙述角度。当然我很早的看法也是叙述的一部分:我认为,只有把1870至1871年德国失败的、有着重大影响的第一次统一的尝试作为背景,或者从底层的角度让人们去理解这次统一,才能用文学的方式来展现1989至1990年的统一。决定采用这样的写作方式必须以这样的人物为前提:他们能作为时代的见证人,像19世纪以及20世纪的作案者与同犯那样来讲述历史。冯提首先开始一章,他先讲1848年柏林的街垒战,在这章的末尾,他走在1989年亚历山大广场大型的星期一游行队伍中。塔尔霍夫/霍夫塔尔也是这样,尽管风格不同。

齐:人们指责您的这部作品中有某种矫揉造作的成分。他们说,格拉斯用第二手、第三手或者用来自文学、日常生活以及媒体辩论的非正规的材料,试图从中编织出一群目击者,这是一种矫饰派的写作方式。您能接受这种说法吗?

格:当然,我承认这一点。如果这是一种判决的话,那这也是针对从塞万提斯到格里美尔斯豪森的。我们大部分的文学作品都在援引其他文学作品,甚至滑稽、荒唐的作品。格里美尔斯豪森对维特施托克战役的描写,连同比喻,都援引了奥皮茨的译本《阿卡迪亚》。这种写作方式启发我在《比目鱼》中虚构了一位年轻的厨师,他应该是后来的格尔恩豪森和格里美尔斯豪森,他坐在一棵树上,把《阿卡迪亚》放在膝盖上去观察战争,并检查真实的战争是否像奥皮茨在这部《阿卡迪亚》中所描述的那样进行。当然,您可以把它称作矫饰,但这是文学游戏以及文学双重游戏的一部分。假如人们放弃这一点,那文学就会变得非常枯燥乏味,就会失去文学固有的像拼图游戏般的和神秘的东西。

齐：您对德国历史以及现状建设性的视角，冯塔纳-冯提作为思考的红线，此外把档案材料作为叙述、思考甚至"刺探情报"的主线，这些仿佛为作品固定了一个传感圈。所有德国历史中可以感知的东西都要经过这个过滤器——您创造的棱镜。面对新的、意外出现的东西，这个棱镜能唤起读者足够的好奇心与足够的敏感吗？或者说，采用这种方式在某个地方会受到一定的限制吗？毕竟各个方面都要照顾到。

格：但也有干扰的、让人迷惑的元素。例如，冯提在冯塔纳支持下对所有民族大事的看法以及怀疑，都遭到他孙女玛德莱勒的抵制。她驳斥他的观点，她从法国学到了对"民族"这个概念完全不同的设想。对她而言，民族是一个不容争辩的概念：就算整个一切都像戴高乐时代那样壮丽，法国的左派也会像右派那样支持这个"大民族"。而德国人要做到这点是多么的困难，玛德莱勒对此表示讥讽。另外一个例子是托管局大楼的一个清洁女工。总之，不断有人物加入，他们打乱这场固定的游戏，尽管他们也常常陷入游戏，但每次都带来不同的视角。

齐：冯提特有的把事情简单化或者将其忽略的特点，在其他地方也不得不遭到反驳。尤其是从叙述者整个复杂的角度来看，冯提看问题的视角不是没有争议的。

格：是的，不是没有争议的。他自己也提到这点。例如，当他站在阿尔特德不恩（Altdöbern）露天矿场悬崖边时，他说：我不是左拉，我不会往下看。从中可以看出，人们这样责备冯塔纳是有道理的：他尽管看到了当时的贫困，也短暂地经历过，但从未把它作为写作的题目，因为他害怕这样的悲惨遭遇。对贫困的逃避对冯提也有一定的影响。

齐：同时，冯提在这部作品中不仅是一个抽象的叙述者，而是完全作为一个有血有肉的人物在发表自己的看法。他的确存在，人们能看见他的长相，他比评论界认为的要生动形象得多。

格：我再补充一个我矫揉造作的例子：冯提的形象来自马科斯·利贝曼（Max Liebermann）的一幅石版画。

齐：一方面是通过冯提以及档案材料来观察历史与现在，但此外历史与政治的调查研究是怎样的呢？格拉斯先生，您采用了什么样的文献资料呢？我想，单凭冯塔纳的生平不足以来评价这段历史。

格：不，所有构成现在的东西都是。必须去研究位于波茨坦的冯塔纳档案馆的资料，同时也要去考察以前的戈林帝国航空部，这座大楼后来成了民主德国时期各个部委的大厦，最后是托管局的所在地。为了进行调查，我去了托管局大楼，但我马上就很清楚地意识到，我不能再继续往前走了，因为他们直接问我："您在写我们吗？"

后来是年轻的日耳曼学学者狄特·施陶尔茨作为卧底帮助了我。我了解他的工作，也很赏识他。我们详细谈了，他要调查什么，要问什么以后，他多次去托管局帮我打听，他也在波茨坦的冯塔纳档案馆工作了两年多的时间。档案馆的工作人员对他提出的奇特的问题感到有些意外，但这一切都是秘密进行的，直到这部作品出版。我给档案馆寄了五本书。他们对此感到非常荣幸，但对档案馆细致入微的描写感到很奇怪。

尤勒斯（Jolles）女士也是这样，她生活在伦敦，是一位研究冯塔纳的学者。小说出版后，她对我表示了感激之情，并说，冯提所说的，她是冯塔纳的马普勒小姐（Marple），这一说法很贴切。因为尤勒斯女士是研冯塔纳的学者中最仔细的。她的博士论文便是关于冯塔纳的，她尤其对冯塔纳在伦敦的停留做了研究，在她取得博士学位后，

1938年不得不离开德国。因此,她,连同她1990年的一次非常精彩的演讲都出现在我的小说中。她的演讲是为了调查怎样才能帮助冯塔纳协会筹集更多的资金。在我的小说中,她把冯塔纳作品中的所有人物都进行了考察。试图弄清楚,谁最适合负责筹集资金。她把所有的人物通盘考虑了一遍后,最后停在珍妮·特莱伯尔身上。把她放到作品中是一个非常好的主意,如在小说的最后一章,当托管局的女负责人化装成珍妮·特莱伯尔举办一场盛大的庆祝活动,在老式的、不断开动的自动电梯中让冯塔纳作品中的人物上上下下的时候。最后,托管局好像着火了,但着火的只有电梯,遗憾的是只有电梯在燃烧。

齐:格拉斯先生,与您其他作品中庞大的历史交织相比,《辽阔的原野》十九与二十世纪的历史视角的确显得很狭隘。用这一历史坐标能足够仔细而全面地分析两德的状况吗?

格:我把时间限制在能感觉到德国从底层萌发统一愿望的时候,统一的愿望存在于广泛的民众中是反拿破仑阵线感到自己的希望落空以后。当然,也出现了启蒙的知识分子的爱国主义思想。这些人希望的不只是战胜法国的独裁者,他们要民主、共和的体制,有些人有些极端,有些人相对温和。但他们得到的却是卡尔斯巴德决议和蛊惑人的对他们的控告。整个前三月是历史的倒退,所有一切促使人民拿起武器的东西都被忘掉了,人民要获得的东西实际上压根儿就没有发生。前三月渐渐过渡到保罗教堂国民大会,但保罗教堂并没有促成统一的进程,而是俾斯麦在三次战争的基础上完成了统一。

因此,我把时间限制在统一前的历史、德国第一次统一的完成以及接下来的经济繁荣时期(1871—1873)。当时的统一当然有着不同的形式,但却有着与今天在托管局中发生的类似的犯罪行为,出现了类似的贪得无厌的人。《珍妮·特莱伯尔》一章中的某些段落我们完全可以一字不差地用到我们今天的行为方式中。

齐:托管局的负责人比尔吉特·布罗伊尔(Birgit Breuel)装扮成珍妮·特莱伯尔,冯提的论断:经济繁荣期重新回归或者尽管制度变化了,但德国人却还是以前的德国人,人们能让历史上完全不同的东西接近到何种程度呢?这样能让人认识到什么呢?难道不存在混淆历史的危险吗?作为小说家,难道不是必须看到历史过程不可重复的特点吗?

格:我在作品中指出了不同之处。1870至1871年的德意志帝国是在三次战争的基础上建立的,我们现在的统一,谢天谢地,不是这样的。分裂是我们策划的战争带来的结果,它不仅给我们,也给我们的邻居带来了可怕的后果。此外,我们要感谢1989年人民警察以及已经分崩离析、但还存在的民主德国领导层没有开枪。在他们所犯的如此多的错误以及带来的不公正中,这一小小的功绩应该归他们。比如,与罗马尼亚不同的是,这儿没有开枪。像历史上这样的不同点在我的作品中是很清楚的。

当然也有流传至今的行为方式。如,您看看卡尔斯巴德决议以及梅特涅的间谍体系,这一体系以越来越完美的方式保留至今。或者您再看看那些贪得无厌的心态,跟今天完全一样:1870至1871年来自法国的数百万的黄金为繁荣时期打下了基础;或者更确切地说,1990年以来流入新联邦州的资金导致了类似的行为方式,尽管情况已经发生了很大的变化。或者正如冯提所说:自那以后发生了很大的变化,但本质依旧。

齐:也就是说,不同点与相似之处在整个虚构的历史世界中发生摩擦,当然这也表现在冯塔纳与冯提人物的矛盾中。两者既很相似,但又完全不同。一个不是另一个。

格:不,不是这样。这是冯提接近冯塔纳的尝试,是他愿意的。

可以看出两者相似的地方,甚至可笑之处都一样,但也存在典型的不同,比如,如果我们把冯塔纳在法国与冯提在"二战"中在法国的停留相比较的话,就能明显看出。

齐:您曾经谈到过"回忆的短暂性"。我认为,《辽阔的原野》的特殊意义就在于此……

格:不是我,是冯提说的。

齐:这点我们得分清楚,这是我从跟您的谈话中学到的。我觉得,您要用这部作品给德国人某种被许多人随意处置的、他们还不知道的或者无所谓的东西,这是一种批判性的或者说激发性的传统空间,它与"现在是什么"相关联,它明确地指出,着眼于单纯的"现在"是不够的。《辽阔的原野》中的历史也应该让僵化的、只着眼于眼前的观点富有生机吗?

格:我特意把这部作品称为对读者的一种"苛求"。它苛求读者,不要把眼下发生的只是肤浅地看作眼前的东西,而应该看到其发生的背景,看到在德国的历史中曾以不同的形式出现过,有着类似的目标,即德国的统一,有失败的因素,有再次失败的危险,1989年后就已经暗示了这种危险,遗憾的是危险得到了证实。这是一种对读者的苛求。因此,就叙述与时间层次来看,这部作品只能是纵横交错的,它要求读者高度的专注力,期望他在阅读中发现自己知识的空缺。肯定有人会说:我对此一无所知,我没看过冯塔纳的作品,我对历史反正也不感兴趣。如果他把这部作品束之高阁的话,那我就无能为力了。但我还是苛求他,拿起这部小说,在《辽阔的原野》的帮助下去更多地了解德国统一的背景。

齐:作品中凡是涉及现在的地方,几乎都发生在民主德国,在西部德国几乎没有什么发生,而西部首先是人们逃亡的梦想之地。

格:参加冯提女儿婚礼的客人中,有些来自西部德国。托管局的工作人员当然也穿着殖民地官员的服装。托管局向那些把民主德国国家企业进行清算中完成任务多的人颁发津贴,也分派任务——为"清算"这个不友好的术语找到一个更好的表达,也就是冯提在他狭小的办公室里要做的工作。

齐:您相信自己的描写切中了民主德国内部的社会氛围。您的信心源于何处呢?

格:我是作家。我必须有能力把自己置身于那些经历了这段历史的人所处的环境中,而且不管是在十七世纪发生的还是现在,我必须能设身处地。如果我做不到这点的话,那我就得改行了。

当然对我有所帮助的是,我自己来自东部,了解在民主德国成立前东部的生活方式。我一生的大部分时间都在柏林度过,这儿是我了解在前民主德国发生的事件、社会状况以及思想方式的一个窗口。当然我常常被禁止入境,有时甚至好几年都不允许我去民主德国。尤其是《平民排演起义》出版以及捷克斯洛伐克被占领以后。但除此之外我都能去民主德国,我对民主德国人们的渴望、他们的说话方式、国家秘密警察表现出来的合理的以及不合理的不安都很熟悉。我了解这儿的氛围。因此,把自己置身其中并不难。

齐:把民主德国作为重点是否因为民主德国的历史以其特殊的方式代表了普鲁士德国的历史呢?而我们西部对这段历史几乎没有认识。

格:这一点在民主德国时期能看出来,甚至表现在一些很可笑的事中:如,穿着高筒靴、短筒靴、迈着正步和有着其他训练方式的人民军继承了普鲁士有用和无用的传统。

齐：我认为，您的作品非常成功的地方是您的叙述结构，它使我们现在真实的时间层次非常清楚、可以让我们进行深层次的分析、为我们对这种统一过程的疑虑寻找根源。您展现、研究这一切的手段主要是回忆，但也用不同的形式对真实的状况进行调查研究。档案材料、冯提、霍夫塔尔和塔尔霍夫都是观察的手段。他们代表了不同形式的回忆，甚至违反常理的回忆。一旦涉及历史，我们便会卷入罪责的推诿中，这是典型的德国特色吗？

格：我不知道，我无法作出确切的判断。但我发现，例如在拉丁美洲的文学作品中被掩埋的历史，印加、阿兹台克或玛雅的历史占有重要的地位，用军事推翻了殖民体系，但又通过自己人建立了与殖民体系类似的体制，在文学中反映出来的是另一种交织的罪责意识。卡罗斯·富恩特斯（Carlos Fuentes）创作了非常优秀的作品来描写这种罪责，在奥克塔维奥·帕斯（Octavio Paz）的作品中我们也可以找到南美与中美洲国家的精神创伤，直到今天，他们仍没有摆脱长期殖民统治带来的影响。这些作家一再回到这段时间，再现这段时间，这绝非偶然。

当然，基于当地的历史与发展，这些与德国的情况并不相同。但我认为，如果文学作品要有用的话，那它们应该有这样的思想深度，并应该总有这样的思想深度。同时，它们必须轻松前行，尽管它们背着沉重的负担，就像我在《辽阔的原野》中尝试的那样。

齐：《辽阔的原野》的特点是：它引领着读者漫步在美丽的风景中，如柏林动物园，现实与历史相互交织，可以看到与冯塔纳作品相近的语言，读者漫步在现在与过去的柏林，卢梭岛一再作为一个美丽的、渺无人烟的田园风光出现。这是启蒙美好而悲哀的终曲吗？

格:不是。作品中对卢梭以及他极端的观点带来的影响直至把人送上断头台进行了讽刺性的评论。我们在谈话中谈到了对理性的神化。但对道德的神化以及通过启蒙来实现这样的神化带来的可怕后果又是怎样的呢？这也是从卢梭开始的。在动物园里，读者看到的尽管是田园风光，但我作品中所有的田园风光都是病态的。

齐:我认为，您创作的意图是反对普遍的脱离传统，您把它称之为"忘记过去"。从被遗忘的历史出发，坦诚地面对真实，对虚假的田园风光、对只看到现在进行质疑，对吗？

格:我们以关于老冯塔纳的这篇文章为例，它在我作品的叙述中包含了批评时代的意义。霍夫塔尔有时用郊游来奖励他监视的对象武特克:他们有时开霍夫塔尔的特拉比小汽车去格里尼克桥，有时去劳齐茨，有时去奥德河畔。这次他们终于去了诺伊鲁平，这是冯提早就想去的地方。在那儿，霍夫塔尔用关心而又坚决的方式强迫冯提登冯塔纳纪念碑，并让他站到巨大的青铜雕塑旁边与冯塔纳一比高低。冯提在压力下登上了纪念碑，霍夫塔尔说"我们也可以做别的!"但霍夫塔尔的愿望并没有实现。因为，冯提最后开始发言了。他先谈这，谈那，抱怨纪念碑的瑕疵和其他可抱怨的东西，然后谈到《作家的社会地位》这篇文章，并从纪念碑俯瞰下面朗读了这篇文章。现在，他开始描述与作家相对立的势力，霍夫塔尔便是这种势力的化身，这样，他又回到了现实，回到了1990至1991年作家所处的环境中。当然，这让人很容易联想到当时民主德国像克里斯塔·沃尔夫一样被压制的作家。尽管没有提到她的名字，但从冯提的讲话中可以很清楚地看出，他指的是谁，发生了什么事，那些被监视的作家所处的环境是怎样发生了变化的。这对我是一种尝试，把这些被遗忘的、只有档案管理人员或者书虫才能找到的文章解救出来，置入现实中，并以叙述的方式去检验它们对现在的意义。

齐:冯塔纳/武特克/塔尔霍夫/霍夫塔尔这组人物间的关系是很矛盾的,他们的相互关系中既有关爱、忠诚、互相依靠,但他们也有着很明显的不同,这种矛盾关系,我认为就像讽刺性的,但也是很严肃的主仆关系。

格:但同时也是消除妖魔化。作品描述的不是老套的只穿着皮大衣、目光阴森、东游西荡的间谍,我们总把间谍想象成恶魔的化身。不,霍夫塔尔有关爱他人的方面,但同时,这又更危险、也更普遍。

齐:统治的平常化、权力的日常化,其中隐藏着什么呢?在双重的人物形象的背后隐藏的不只是,但也是一种方式,德国怎样感知历史?总与上下级关系相关吗:一个下命令,另一个必须俯首帖耳;这是我们唯命是从的思想中一直存在的两个阶级的对抗吗?

格:有一种倾向,把危险的描述成不可避免的、完全恶的东西,这样错误的、投机的、适应环境的行为就是有理由的。在民主德国的体制崩溃以后,人们把民主德国说得极为危险,尽量把它说成是一个妖魔,彻底把它说成是一个极权国家,所有的评论都是这样。因此,人们对《辽阔的原野》中的一章感到恼火:冯提说,民主德国是一个"舒适的专制"国家。这句话引自冯塔纳的一封信。我并不要求评论者都要仔细研究冯塔纳,但他们应该知道,这句话的出处。冯塔纳在给他的妻子的一封信中抱怨威廉时期的普鲁士王国,他不断地骂,觉得很多东西都很可怕。结尾是典型的冯塔纳式的急转弯,他说:一切都很糟糕,但就根本上而言,我们不得不感到庆幸,我们生活在一个舒适的专制国家。

当然,与其他本世纪的专制国家相比,民主德国是这样的。就算在东欧集团中,与罗马尼亚或者俄罗斯相比,民主德国也曾是一个舒适的专制国家。西部的专制国家,如希腊的军人政府,它是北约成员国,得到西方的容忍;还有智利,施特劳斯是皮诺切特的亲密好友,这些国家的恐怖政府都比民主德国要糟糕。但不能忽略的是,它是一个专制国家,有广泛的、包括秘密警察在内的救助体系。但我们这样区分民主德国在我们国家显然是不合时宜的,因为它又不符合我们的原则。就我看来,它也不应该符合我们的原则,它当然不应该符合。因此出现了对孤立的这一章的反应以及过激反应,以及我也许有些冗长的解释。

齐:冯提/霍夫塔尔的相互关系在某些地方也表现了历史或历史观点的对抗。如果是这样的话,那冯提便是德国文化民族的一个理想主义者;而霍夫塔尔则是与之相反的技术决定论者,他没有良知、不择手段要完成统一。这种说法对吗?

格:不对。冯提与冯塔纳一样都不是理想主义者。他们俩都是怀疑论者:他们都偏爱细节、过去的东西以及弯曲的木头;他们厌恶抽象、暴力与概念性的东西;他们用怀疑与敏锐的洞察力来观察这一切。霍夫塔尔是一个秩序狂。因此,他可以超越消亡的体制继续在职工作,因为任何一个新的体制又要求有秩序,监控下的秩序。作品的结尾,他早就在中美洲找到了新的活动范围。他在西部德国原本也可以施展自己的才能的。他去过西部,了解西部,他对普拉赫与科隆的评价都不高。我们不知道,他在迈阿密还是哈瓦那工作,但不管怎样,他都可以按照要维护的秩序来工作。他会把自己监视别人的工作理解为关爱体系。他不会把自己监视的对象击垮,他只想保护他,不去做不正确的事,按照他的看法,不正确的事是秩序层面来讲的。

我想,这是很接近民主德国真实状况的画面。因为,它不是以恶魔般的行为而著称的,甚至那些秘密警察都是出于善意这样做的,他们要向人们指出,这是我们的共和国,是我们必须保护的。我,霍夫塔尔只是要负责警告他们不要犯错误,不要上阶级敌人的当。我们要以关爱和预防的方式来保护他们。这对民主德国的很多人来说都是可以接受的,尤其是那些秘密警察并不是以暴力,而是以劝说的方式出现,如果他们监视的对象是文学家的话,他们部分人甚至还用自己的文学知识去劝说。您看看海纳尔·米勒的名言,他说,秘密警察与党内人士不同,他们是聪明的,可以跟他们聊很多问题。这种说法显然是令人信服的。这一点并不能使民主德国的制度变得更好,但可以使它与别的专制国家有所不同。这使我们不把它妖魔化,我们也曾把纳粹妖魔化。他们是党卫队的刽子手,是从黑暗中冒出来的恶魔,德国人民是无知的、幼稚的,容易被诱惑。这样,人们就编织了一幅人们能接受或者以为能接受的非黑即白的图像。然而,这幅图像却永不褪色。

齐: 霍夫塔尔对秩序的信奉一直延伸到德国的统一,他作为晚期不惜一切手段的秘密警察和统一的操纵者促成了统一,这样眼下的统一就成了秘密警察的产物。

格: 这是一种可能,至少不排除这个可能。我们至今不知道,这张上面写着民主德国公民可以自由出境的神秘纸条是怎样落入沙伯夫斯基(Schabowski)先生之手的。当他看到这张纸条后自己也感到很吃惊。当然,安全局对民主德国的内部状况,不管是经济还是文化方面的,对波兰的发展情况,戈尔巴乔夫的打算,要比那帮掌权的老人要清楚得多。这群老人对真实的状况已经不能再感知、已经与真实隔绝了。安全局更接近民主德国的真实状况,它促成了统一,这不是不可能的。

齐: 格拉斯先生,为什么冯提预见到整个作品的结局?作品难道不是把读者引入了一个完全悬而未决的未来吗?

格: 我也不知道。一方面,他要逃离困境。他曾两次尝试逃亡。但都因霍夫塔尔失败。第三次逃亡在孙女的帮助下才成功。冯提逃离了德国的转折时期。他回到了父辈们的故乡,塞文山脉,回到了阿德西。这儿是胡格诺教派在长达几世纪的迫害中隐藏的地方。随着年龄的增长,他也许也预见到了自己生命的结局。或者他明白了之前不曾明白的东西。结尾与我的其他许多作品一样是悬而未决的。小说可以继续写下去,但作者一定要是一个法国作家,他必须很了解赛文山脉,能继续描写冯提和他的孙女的生活,我对此拭目以待。

齐:作为读者,我发现,冯提仿佛超越了德国的东西,他离开了德国边界。

格:当然,这是有原因的。此外,他最好的朋友,弗洛伊德里希以自杀来结束自己的逃亡。冯提看到,在德国会很危险,他觉得,像他和弗洛伊德里希这样的人在德国再也找不到自己的位置了。因此,他逃离了这个地方。

齐:然而,他在寻找与他的孙女的联系、与年轻的、与未来的联系。

格:与年轻的,但也与过去的、曾经经历的、与出生地、与胡格诺派的法国的联系。

八　过去的真实

——关于未来与美好的集体精神

齐：格拉斯先生,在德国,有一些人显然忍受不了,在当代文学中来自四七社的作家以成功的姿态登场,他们作为四七社的后卫,依然还对品味与舆论起着决定性的作用。比如,他们批评瓦尔泽、恩岑斯贝格以及格拉斯说,这些老前辈的世界观过时了、跟不上时代潮流了,他们不具备描写当代的水平。他们重新开始的时刻现在终于来到了。这对您是一种挑衅吗？

格：我觉得这种说法很可笑。在您的启发下,我考虑后发现,德国有这样一个特点,那就是拒绝一切超常的东西。像《明镜周刊》这样的杂志专门尽量去抬高人,目的是当他们把这些人扳倒或者以为把这些人扳倒的时候,落差更大。这种作法本身也很可笑,但却影响深远,因为这样的做法已经被当作一种整体的态度被接纳了。我要非常老套地、过时地说,这会导致尊重的丧失。我指的不是尊重本身,而是对取得的成绩的尊重,我认为,是对在很大程度上有争议的成绩的尊重。这样会扭曲或者限制自己的认识能力。有些东西人们不愿再去认识,因为它们还来自四七社。让作家的年龄来决定文学的质量,没有比这更愚蠢、更浅薄的了。

当然可能会出现这样的情况：作家以年轻时创作的作品出名,我就是这样以《铁皮鼓》出名的。这样,人们便会把后来的作品与成名作进行比较。我恬不知耻地把我与歌德进行一下比较：歌德的《少年维特的烦恼》也是这样。这种比较是毫无意义的。《少年维特的烦恼》并不妨碍我把《亲和力》看作是第一部现代德语小说,借用一下新的行话,歌德年事已高的时候依然是一位多产作家,您看看《玛丽亚巴德的哀歌》(Marienbader Elegien)就知道了。还有一系列的作家也是这样。您列举了恩岑斯贝格、瓦尔泽和我。我还可以举出很多其他作家的例子,如西格弗里德·伦茨:我们还在写作,我们利用我们的自由继续写作,有一大批读者期待着我们新的作品。当然从这些批评者的角度来看,我们都是不符合时代潮流的人。让他们说去吧。因为符合时代潮流的东西显然常常是无用的。

我一开始就提到了我对此感到非常惊讶:在报刊文艺专栏中,人们是怎样热衷于不是对"历史的终结""文学的终结"或者"叙述的终结"等进行预测,而是把这些终结当作事实看待。现在无人再对此问津。这样的东西多得就像眼下媒体中的图片一样,它们互相排斥,剩下的总是被忽视的事实。事实告诉我,与从前一样,一个社会只有团结互助,才能有效地发挥作用。这又是一个老套的过时的词。我今天看见的是一个宣传新自由主义的社会,不管是为了迎合时代潮流,还是为了忸怩作态地掩饰获取利润的意愿。曼彻斯特自由主义,十九世纪的陈芝麻烂谷子被巧妙地重新翻新,并冠以自我解放、自我展示以及自我实现的"新个人主义"之名使之现代化,这一切都是1968年论点的老调重弹。总之,在此期间出现了一批收入颇丰的阶层,而被社会边缘化的人群也在增加。我很过时地冒昧去关注这些现象,我就是这样一个过时的人,我还会继续这样做。

齐:什么使瓦尔泽、恩岑斯贝格、哈贝马斯以及格拉斯启蒙的话题具有顽强的生命力,显然仍然有很大的吸引力呢?也许恰恰是今天在普遍逐渐消失的某种东西,也就是您刚提到的社会移情能力吗?

格:我很难替别人回答这个问题。就我而言,这肯定与我年轻时的经历、战争结束,震惊、觉醒、发现自我以及对为什么在一个像德国这样文明的国家会出现文明的断层的思考联系在一起的。这种断层直到今天仍然还在起作用。您回忆一下1989年幽灵般地出现在报刊文艺专栏中"战后历史的结束"以及最近出现的"零起点"的口号就知道了。当时的口号是,现在开始某种全新的东西。多么荒唐啊!这些天是德谷萨(Degussa)公司与安联人寿保险公司受到追究的时候,现在一切都浮出了水面。与此同时,人们发现了大家并非不知道的事:我们几十年前就已经知道,阿布斯先生与德意志银行与瑞士的黄金交易有瓜葛,阿布斯先生自1937年以来就参与了所谓的企业的"雅利安化"。把这项任务交给他并不是因为他尤其风度翩翩,而是因为他高效率、神不知鬼不觉地完成了任务。战后,他仍保留了他的工作作风,是阿登纳最信任的顾问。

这些千丝万缕的联系大家都知道,但却无人在意。公众的兴趣并不在此。我自己也很晚才得出这样的结论,尽管我早已知道一切。我们都知道,联邦情报局是以盖伦(Gehlen)组织为基础的。莱因哈德·盖伦曾经是纳粹的将军,负责启蒙"东部陌生的军队"(Fremde Heere Ost)。美国人知道,他们从盖伦那儿能获得什么,他们根据盖伦的经验建立了中央情报局(CIA),受阿登纳的委托,盖伦组织发展成了联邦情报局。当发现有二百五十多个西部德国记者曾在知情和不知情的情况下与联邦情报局合作过的时候,今天我们突然对此感到震惊,刚刚出版了一部有关此事的书,我还没看过,我谈的只是人们对此书内容的谈论。

人们当然可以说,盖伦组织比民主德国的秘密警察要规矩。我对此不敢苟同。相反,假如发生在一个民主国家,而不是独裁国家的话,我认为更糟糕、更声名狼藉。对一个独裁国家我并没有别的期望。我们在自己的国家也有这一切,我们也经历了这一切,我们太爱惜这一切了。我看见这些,我对此一如既往地感到愤怒,有机会的话,我不得不进行适当的论战。

齐:也就是说对德国纳粹历史的处理依然对这代人及其奋斗目标具有现实意义吗?

格：像我们现在这样来对待这一切，我们还要把这些问题拖到下个世纪。

齐：当然，您们这一代人在我们的国家也确立了其他一系列的重点。如，与西方的联系、坚持人权、共同决定、互助、人民主权、爱护宪法等。所有这些都与这一代人经历的历史密切相关，他们第一次能成功地把这些民主纲领在德国社会中确定下来。这些还依然在起作用吗？

格：看起来，它们又可能开始起作用了，希望我没有弄错。不仅在德国是这样，如在法国有过格鲁克斯曼（Glucksmann）和其他人的时代。如果我今天看皮埃尔·博多（Pierre Bourdieu）的一些言辞，那我认为，法国传统意义上启蒙的红线又被接纳了。显然，这些目标在此交汇。

比如，博多与奥斯卡·内格特（Oskar Negt）的谈话是大家所期待的，这是我对您的机构，媒体机构的建议。如果人们要在德法的相互理解中做点什么的话：他们俩在同样的领域进行研究工作，有相似的出发点，有相似的经历，有同样稳定的工作。

齐：格拉斯先生，我们不得不再回顾一下历史。从您今天的角度来看，1945年以后在阿登纳时代，作家以及知识分子扮演了什么样的角色呢？他们中的部分人今天还被右翼诽谤、漫骂或者被他们忽略。这些批判性的精英首先是权力的点缀，还是捣乱者，或者他们的确是一支与权力抗衡的力量？

格：自五十年代以来，德语文学就没有让自己平静过，他们针对低估和淡化德国犯下的滔天罪行而写作，这是战后德语文学的成就之一，这是一个跨国界的过程，出现了质量参差不齐的作品，这是很自然的。但其中有很重要的、持久性的作品。这些作家和知识分子与社会的关系经历了一段很长的历史。一开始并没有我,因为当四七社成立的时候,我刚刚开始我的石匠学徒的生涯。汉斯-维尔纳·里希特与阿尔弗雷德·安德施的出版计划遇阻,尤其遭到美国占领区的反对,因为《呐喊》杂志无法出版,因此四七社成立了。在五十和六十年代,许多知识分子的普遍态度是进行抗议,抗议因动机不同而在著名作家签名的公开信中达到高潮。最多也就如此了。当然,这产生了一定的影响,但对我来说,这样的影响太微不足道了。我也参加了签名活动,但总觉得这是不够的。

当我1960年从巴黎回到修建柏林墙前夜的柏林时,冷战正是巅峰时期。好像一切照旧。比基督徒还基督徒的阿登纳用最恶劣的语言对勃兰特进行诽谤与攻击,他毫无顾忌地把勃兰特私生子的身份与他的流亡作为勃兰特的污点兜售给勃兰特的选民,并以此来中伤他的整个流亡事件。很多人对此感到愤怒,各大报纸都在纷纷谈论阿登纳恶劣的行为方式,但这些对我来说还不够。我想在政治领域发挥自己的作用。1961年我开始参与勃兰特讲稿的工作,给他提建议,也陪同他参加政治之旅。但即便这样,我仍然觉得不够,我突然发现,我处在一种我不得不面对的令人疯狂的境地:一方面是我的写作工作,它不允许我有任何妥协,诗歌对妥协是无法容忍的;另一方面是我在此期间作为纳税的公民所处的境地。我越来越强烈地感受自己作为公民的身份,作为公民必须要做一些有实质意义的事,这也是来自魏玛共和国的经验,当时这样的公民太少了。

这样,我开始做一些我的许多同事无法理解,一开始都激烈反对的事,不管是瓦尔泽还是恩岑斯贝格。伯尔也对我直接卷入竞选,并支持一个党派表示不解,尽管我也用批评的方式表明自己的立场。我并没有兜售"另一个"模糊的德国,而是很实际地与大学生们合作完成了某些日常的政治工作,目标是促成一个社会自由联盟的政府,1965年这一目标未能如愿。这项工作很累,但同时对我来说也是一个增长知识的好机会,为了满足我的求知欲,我现在又开始学习了。

我去了我不曾到过的地方,我面对的是不参加文学朗诵会的公众。这些对我都是新的、丰富经验的东西。

西格弗里德·伦茨和马科斯·封·德·格律恩(Max von der Grün)一开始就加入了我们的工作,其他战友也逐渐参与其中。我这儿指的不只是作家:我们的圈子甚至扩大大足球界,保罗·布莱特纳(Paul Breitner)是我们的支持者,还有法兰克福的格拉伯夫斯基(Grabowski),我们有许多优秀的足球运动员、演员和其他来自各行各业的人。我们甚至与来自明斯特和其他各地的教授们一起建立了一个天主教选民倡议。我想,这种深入日常政治事务的知识分子的工作是成功的。我们的工作在国外也受到关注,赢得了很多人的好感。

当我再次参加竞选工作,当克劳斯·施泰克(Klaus Staeck)作为为数极少的直到今天仍然继续参与的人,当时他还是一个年轻的小伙子,那我们现在再进行这样的尝试,尽管对有些人而言,这是不符合时代精神的,是很老套的,但我认为这是很了不起的事。我希望,我们能促使年轻的一代不去重复同样的事,而是根据自己的可能发展出新的参与方式。当时,这些对我来说也是新的东西。我在美国学到了一些东西。我在美国看到,美国的大学生们为了支持自己的候选人,是怎样把自己的头发剪掉,换上一个整齐的发型的;他们是怎样在初选阶段就好几个星期都在路上辛苦忙碌的。我很喜欢公民这样积极地参与竞选。我尝试在德国也让这样的参与固定下来,我认为,我已经取得了一定的成绩。在一段时间,工作进行得不错,然后又沉寂下来了。结果是各党派,包括社民党与绿党在内,都洋洋自得。他们觉得,竞选后选民会让他们有四年的安宁。当然,这会导致党派的统治,是对基本法的错误解释,这样的做法长期下去是灾难性的。

齐:左翼自由知识分子的代言人好像已经沉睡,已经过去了。他们是在此期间出现的新保守主义知识分子特殊的竞争对手吗?还是有更普遍的原因?

格:我知道这些借口:反正别的地方有人在做决定,处理德国问题的最好方式是把注意力集中在欧洲。从这样的态度中滋生出一种现在很受欢迎的做法:把一切只在德国要解决的问题挂到欧洲这根急救稻草上,欧洲会去处理的。欧洲才不会去干这些事呢!如果这个欧洲还要继续发展,如果采用欧元并在经济领域起作用,而在社会与文化领域没有足够的平衡的话,那事实会证明,我们是不合格的欧洲人,因为我们没有完成自己家里的事,我们甚至无法给德国下定义。

"柏林共和国"这个不讨人喜欢的概念几个月以来像幽灵一样出现在报刊文艺与政治专栏中。是想唤起我们对失败的魏玛共和国的回忆吗?是想让我们去回忆在冷战期间,民主德国称我们为"波恩共和国",而我们称民主德国为"潘考夫独裁"吗?柏林现在的状态是:它正忙于自己的事,对自己的事务无法胜任,它绝不适合承担联邦共和国受洗教父的重担,直到今天,它还没有履行老宪法最后一章的要求。

宪法故意被当作权宜之计固定下来,146条义无反顾地规定,在德国统一的情况下,要通过公民表决,向德国人民提交一部新宪法。我们自1990年的统一协议以来就在违反宪法的基础上生活,但这个问题的解决随时都可以补救。我们9月即将举行大选。事实会证明,新政府是否愿意着手解决这一棘手的问题:这个问题的解决并不受人欢迎,不会带来就业岗位,不会减少税收。它给我们带来的是我们需要的对宪法的讨论。这对联邦新州也是发表自己意见的一次补救机会。"联盟90"的沃尔夫冈·乌尔曼当时曾提出过一个草案,但1990年没有人愿意听他的。这份草案包括了基本法80%的内容,但也包含了民主德国反对派的一些经验。此外,基于民主德国的状况以及对民主德国将面临的问题的明智预测,他还提出了一份要求工作权利的基本声明。另外,我们还需要一部新的、向在这儿出生以及长大的外国人开放的国籍法。这也将是新政府的一项任务。这些是我们加入欧洲之前必须完成的事。

齐:没有与一支与人们习以为常的政治态度抗衡的知识分子队伍,这些事也能完成吗?

格:很可能不行。因为政治家首先要处理的是迫在眉睫的事,我并不想指责他们。我也不想轻视严重的失业问题。但这并不妨碍整个民主的基础:一部有序的、符合国家体制的、得到普遍认同的宪法。我们仍生活在这部奇特的过渡性的宪法中,而且对宪法的讨论感到害怕。因为我们要进行讨论的话,就会召开制宪代表大会,那些没有被各党派代表的阶层也会发表意见。

齐:在德国一方面是民主的缺失以及左翼自由主义知识分子的削弱;另一方面是新保守主义知识分子的上升,其广度与深度是我们这几十年来不曾有过的。怎样来解释这两种现象的并存呢?

格:在科尔执政的十六年间,基民盟/基社盟很快认识到,他们一开始就不得不控制和消除知识分子提出的异议。自由民主党人自从根舍在另一个联合政府任职以来就逐渐转变为经济自由主义的政党,这样,就法治国家与人权而言,德国自由主义来自启蒙的传统就越来越陷于不利的地位,在此期间已经完全消失了。而在社会民主党内,这一点早在赫尔穆特·施密特就开始了,他把自己看作是国家的高级职员,很光荣,但太不够了。也许是出于区别于勃兰特、席勒和其他人(他们试图克服思想与精神不可跨越的鸿沟)的需要,施密特对知识分子的异议置之不理。自施密特以来,没有人觉得自己与这些事有任何关系,从而旧的恶习又开始蔓延,思想与权力再次分崩离析,随着时间的流逝,供给满足了,媒体提供的东西也多了,当然在社会的边缘便出现了模糊的、保守的知识分子滋生的环境。

就1968这一代人而言,还要补充一点:他们从极左开始,今天又重新把自己定位在极右。至少他们其中的相当一部分人是这样的。这是我感到非常失望的一点,其实这一点也很难让人理解。不管是汉斯-克里斯多夫·布赫(Hans-Christoph Buch)还是彼得·施耐德(Peter Schneider),他们只需在自己的书柜里翻找一下,看看自己从1967/68/69年到七十年代这段时间都说了些什么,就能理解他们今天对自己政治立场的转变无法自圆其说了。左翼阵营就连在最好的勃兰特时代也从未团结地出现过。他们内部有矛盾,但总的来讲,他们在讨论问题,我们失去的恰恰是这点。

齐: 一种独特的现象是,新保守主义的知识分子与我们以前从未讨论过的民族国家以及符号政治(Symbolpolitik)的回归并存。

格: 这也是我们错过了的问题。我常常被左翼批评,因为我在七十年代就认为,我们有必要重新定义"民族"的概念,让它在我们的时代具有开放性,不要把这个问题留给右翼分子。当时在左翼阵营,包括社民党,没有人愿意参与这样的讨论。从世界的角度出发去行动,或者陷入对欧洲的狂喜中,在世界和欧洲的范围内去思考,这要比重新定义"民族"的概念舒服得多。当我们1989年第一次重新获得主权的时候,本来我们可以抓住这个机会来讨论这个问题的。但当时我们也错失良机。顺便提一下,右翼也没有提出这个问题,谢天谢地。因为这些右翼分子还只穿着放在衣帽间的旧鞋。因此他们也不可能作出点什么来。严格地说,连右翼保守主义的民族意识在我们的战后德国也不曾出现过。确切地说,在这一点上存在一个真空,当然受益者是弗赖(Frey)的极右党——德国人民联盟那帮人,这是我们可以预料到的。

齐: 格哈德·施罗德显然试图在思想与权力、政治家与知识分子之间建立起讨论的桥梁,您怎样看待他的尝试呢?他的努力是非常明确的,也引起了公众强烈的共鸣。

格:我认为,施罗德精力充沛、很自信,有学习能力。我觉得,他在过去的这几个月中发现了文化政策领域中的真空,他还认识到,这并不是一个次要问题。就欧洲而言也是这样,这意味着,我们必须走出科尔狭隘的阴霾。我们在德国也有可以向人展示的东西,欧洲对这些东西也会感兴趣或者说可能会感兴趣。此外,我认为,施罗德越来越多地发现,他来自社会民主党,他要依靠奥斯卡·拉封丹。

如果施罗德成为联邦总理的话,那我们不管怎样都要首先认可他与拉封丹在过去两年中取得的成绩:结束了勃兰特后辈们的窝里斗。不管他与哪个党组成联合政府,我个人认为,政府的更迭应该尽量有所值,这对我来说意味着一个红绿联盟的政府。也许布莱尔的例子在这方面也值得我们学习,因为他很识时务地使与他竞选工党主席的对手约翰·普瑞斯格特和戈登·布劳恩成了副总理与财政部长,我想,他的做法既是出于自己的考虑,也是一种技巧。同样,我们也应该这样做。去制造矛盾是毫无意义的,因为与维利·勃兰特时期不同的是,施罗德与拉封丹之间其实并没有真正意义上的矛盾。就经历来看,当时勃兰特与维纳尔之间的矛盾要比今天施罗德与拉封丹之间的矛盾大得多。此外,还有赫尔穆特·施密特不同的经历与完全不同的政治生涯。尽管如此,这三者也进行了合作。

齐:当然,首先这些都是为了竞选,有很多的公关,很多作"秀",很多出于公众的考虑。社民党政治家,可能还包括绿党在内的政治家,他们与作家与知识分子合作的前景在多大程度上是可能的呢?在这样一个与六十年代和七十年代相比已经发生了很大变化的环境中,这样的合作会产生什么影响呢?

格:面对众多的问题,我在目前的竞选演讲中集中于三个问题,我向格哈德·施罗德与奥斯卡·拉封丹也都强调了这三点。其中一个问题我已经提到过,即基本法的最后一条,第146条必须兑现,否则在这个国家继续发生的一切政治事件便失去了根基。这就是说,我们需要一部新宪法。在宪法改革的框架下,我们也同样可以纳入一些我们早该做的事,如一部新的国籍法。此外,在不触及或者损害各州文化主权的前提下,在宪法中重新定义某些必须以联邦政府为出发点的文化事务,这样,施罗德与他的文化专员现在所计划的也具备法律基础。否则又多了一个没有权限的文化专员,这样不会出现什么结果。

第二个问题是德国必须再次成为一个热情好客的国家。我对此谈的已经够多了,但驱逐机构仍然继续存在;在这儿每天都在上演悲剧;在我们的国家不仅存在极右滋生的温床,而且我们现在的政府通过自己的内务部长堪特(Kanther)发表真正排外的公告;公众并不知晓的事也在上演。糟糕的是,这些成了我们的日常生活。假如我们的这位内务部长在"官员交换"这个毫无恶意的字眼下,把联邦刑事警察局与联邦情报局的官员进行彻底混合,总是把这个机构的官员调到那个机构的话,那我们法制国家的原则早就被抛到脑后了。我对堪特并不感到震惊,因为我对他也没有别的期望。使我感到震惊的是德国的公众,他们对这些事只知道一点皮毛。对这些事我们所做的只能是警告。我们的国家在历史上证明了自己的热情好客,我们必须重新拾起这个传统:我想起了胡格诺教徒和其他宗教的难民,我们的城市、地区、勃兰登堡、埃尔兰根,甚至我们的文化都有他们的印记,或者1945年后出现的1200多万的德国难民,当他们逃亡到我们这儿来的时候,一开始也被当作陌生人对待。把他们融合进来,是战后的一大成就。如果没有这些难民,那我们后来的"经济奇迹"根本就是不可能的。

第三个问题是联邦国防军的改革。我提出的要求并不极端。我曾经反对重新武装军队,我一如既往地认为,重新武装是一个很大的错误,但我们有了军队。一开始有人们能承受,但同时也有争议的方案,但这些方案总被人遗忘,这些方案要求士兵成为"穿制服的公民"。这些要求必须进行改革,联邦军队必须平民化。在吕厄(Rühe)的领导下蔓延的东西必须回到它的反面:军队的大门不能为极右分子敞开。如果我谈到改革,如果一定要有榜样的话,那就意味着我们必须选择正确的榜样。所有这些罗默尔(Rommel)、迪特尔(Dietel)以及默尔德斯(Moldes)军营必须取消。我们现在应该足够成熟把那些在纳粹期间说"不"、那些拒绝执行谋杀命令,他们中的大部分人并因此而付出了自己生命的那些德国军官和士兵宣布为联邦国防军的榜样。这些军官和士兵的态度是榜样性的,而且作为榜样保留了下来。如果还有可能对话,那吕厄先生扩军备战的妄想必须撤回,这也属于我的第三个要求,他不失时机地向军火商分派了生产从欧洲战斗机到坦克和其他武器的荒唐任务。并没有敌人在威胁我们。国家负债两万亿马克,整个社会直至下一代与国家一起负债。我们可以把为了提升吕厄先生的威望或者为了分散人们对极右势力渗透到军队的注意力而动用的资金更有意义地投到高校和职业学校的改革中去。这是致力于未来的投资。这是我对红绿联盟政府的一点小小的期望。至于大联合政府是否能完成这些要求,我表示怀疑。

齐:为了在社会中有一支类似您描述的面向未来的、与权力抗衡的知识分子的力量能发挥作用,那就需要思考者再次团结起来。问题是,现在以及将来是否能再次组织这样一支知识分子的力量,例如以整修后左翼的名义。未来的左翼大概由什么组成,您对此感兴趣吗?

格:启蒙直至法国大革命的最高原则——自由、平等与博爱至今仍未实现,谁赞成这些原则,谁就是左翼。

齐:那各种各样的人都会去迎合这些原则。

格:如果我们把平等的原则实施到现实的政治中,难免会出现思想上的分歧。至于自由的原则,我不想把它完全纳入左翼的要求。在德国,启蒙的保守主义者太少了,我对他们并无反对的理由。我们历来就有太多的老顽固,而太少的启蒙的保守主义者。那博爱呢?当然,这是一个很模糊的词。但与弱者、与那些被挤到社会边缘的人以及与那些在我们这儿寻找避难所的人,就像当初我们德国人在别的地方寻找避难所一样,同舟共济,也属于这项原则。德国曾经既是人口移出国,也是一个移入国。例如,上百万的德国人移民到美国和俄罗斯,他们在那儿找到了工作,在历史上很长的时间里甚至都受到了当地人的友好接待。

自由、平等与博爱,我知道,这些都是并未兑现的要求。当然,今天我们面临的是不同的问题。新自由主义大张旗鼓地宣扬自己不想证明或者不能证明的信条,一切都冠以"全球化"和"权限"之名。我想知道,假如今天从亚洲到俄罗斯直至我们的整个货币体系再次飘摇不定的时候,权限在何处? 我们看到我们面临的风险,但却无人有勇气站出来说:这是剩下的唯一的意识形态——资本主义——永久的危机。如果这一切都崩溃的话,那将会发生非常可怕的事。因此我们面临一项很荒唐的任务,那就是广义上的左翼,包括基民盟必须重新革新社会福利市场经济。我们的市场经济已经被蓄意破坏。左翼必须从根本上挽救资本主义的自我毁灭,因为我们不知道之后会发生什么,我们已经谈到过这点。左翼的确处在一个荒唐的境况中,它的正确做法是,去认识到这点并完成这项任务。今天,当人们扣在俄罗斯头上的整个错误的方案崩溃时,我们无法幸灾乐祸,就算从左翼的立场出发我们也无法幸灾乐祸。我们不能说:看吧,你们都作了什么孽。但我们必须说,我们的做法是错误的。我们不能只要一个国家的政治家要推行所谓的按照西方模式、而不适合这个国家的改革的时候就去支持一个对市场还没有准备好的国家。这样就会导致这样的恶果。

您曾问及"团结互助的原则"是否依然存在或者再次出现:有迹象表明,在此期间也出现了类似的思考,如德国的内格特和法国的布迪厄，他们计划远离新自由主义的近乎宗教性的表象世界，对这个光芒四射、变化多端的概念进行质疑，目的是为了发现这个概念的内涵是怎样的贫乏。

齐：东部德国知识分子对"新左翼"、对资本主义的批判以及重新组织公众的抵抗有什么样的影响？假如这种影响存在的话。我们在这方面有所收获吗？

格：只有当我们真正地去认识他们、认真地对待他们，对他们在独裁统治中（谢天谢地，我们不用与独裁打交道）所积累的经验感兴趣的时候，我们才会有收获。然而还几乎没有迹象表明这点。依然还存在这种傲慢，他们认为，他们可以评判这些在独裁统治下生活了四十年的人。他们中的一些人肯定是愿意生活在民主德国的，一些人一开始是愿意的，后来便改变了，一些人是完全在这儿长大的，他们并不知晓别的制度。我们必须区别对待这些不同的人，认真对待他们的经历，并接受他们的经历。只有这样我们才能跟他们沟通。制宪大会将是官方迈出的一大步，也许这样我们还能弥补1990年我们不可原谅的过失。

齐：您赞成的社会与政治改革今天当然面临巨大的困难。我们眼下的问题是，我们是否还能应付全球社会的经济化。可以这样说，国民经济已经成了世界经济的附属品，单在一个国家内我们已经无法再统观国民经济的全局，更谈不上政治上的调整了。

格：我不得不反对您的说法。我在您的说法中看到政治与国家在这种表面的对经济讨论的投降。您只要看看对区位的讨论：人们用这个词制造了得不到证实的恐怖迹象。一些理智的企业家说：一派胡言，德国当然与以前一样有很好的投资环境。我们只需要看看统计数字就知道，所在地依然在德国的中小企业有很多，也许他们在国外还有一个分公司。这样的做法是正确的,为什么他们在国外不应该有分公司呢。这使我想起了一些伪马克思主义者的异想天开,他们总要进行大步的、革命性的跳跃。我们知道左翼的要求,现在一切都在相反的前提下被置入全球经济中,而维利·勃兰特当时建立世界内部政治的要求却只是人们的笑柄而已。我们缺少这样的远见。另外,我们一直就是这样。我们可以靠说、靠强制力进行大的跳跃,只是被越过的阶段仍然停在原地,它们并不着急。这样就会出现倒退,就像我们在历史上革命变革之后所一再经历的那样。此外,那些破坏的制造者却从未学会建设。

齐:但这也意味着,您认为,我们采用一个有能力的民族国家在社会弹性以及类似的方面能动用的一切手段重新获得政治自主,首先是经济政策的自主是完全可能的,对吗?

格:我们所需要的是新的社会契约,也必须使代际之间的契约符合现实状况。"工作"的概念肯定已经发生了变化。年轻时学的职业不再或者只是在极个别的情况下能伴随我们的一生。许多职业相继消失,新的职业逐渐出现,整个第三产业在扩大。但不管出现什么,这样的发展在历史上并不是第一次,重要的是:社会有义务和那些还没有工作的人同舟共济,如孩子和那些已经退出工作岗位的人。不仅国家,而且整个社会对此都负有责任。

我们在宪法中把财产的社会义务作为一项基本原则固定下来。那是什么使我们产生取消财产税的念头的呢? 在这方面存在诸多矛盾。任何东西,经济转变进程中最快的速度也不能解脱一个政府把社会义务写入宪法,以及约束性的协议中,让它得到人们的普遍理解。这是社会的一部分,不管是在民族国家中,还是在一个正在形成的作为一个整体的欧洲中。如果政府不这样做,如果它无法再做到这点,那它就是自我放弃。那我们就会听任经济的随意摆布。这会是一个严酷的、无条件的竞争,那我们只有被芝加哥的大豆证券交易所汇率的浮动操纵,在大豆价格的浮动中,第三世界就会有二百万左右的人死去。放弃对经济的控制(这在卡特尔中已经开始),也就意味着政治的自我放弃。

齐:您的乐观态度让我感到惊讶,您还相信社会的意向性和学习能力。

格:我并没说,这些都会实现。一系列的迹象表明,这样的充耳不闻会继续、人们继续得过且过,顺其自然。我只是指出了这样发展下去的结果,因为在德国恰好有政治更迭的必要和机会,我把我提出的建议缩减为三点:宪法、内政和国防的改革。至于人们是否会这样做,那我们将拭目以待。

齐:如果我们谈到德国的内部民主化、政治行动能力机会的时候,难道不也应该谈谈欧洲吗?因为欧洲统一的过程在民族视野的限制下是不会存在的,也就是说,这一过程是受集体约束的。难道我们因此在各个方面,尤其是文化方面都需要欧洲视角吗?这当然不只是民族问题的延伸或变种。确切地说,您迄今为止对欧洲持怀疑态度,您谈到装模作样地把问题转移到欧洲,这样,就无法再完成本国的任务。但恰好对启蒙的知识分子而言,欧洲难道不也是一个建设性的视角吗?

格:我非常赞成一个统一的欧洲,但这个欧洲必须有好几个支撑的柱子。在这样一个向消费与商业看齐的世界里,货币问题与经济很可能是起搏器。但要是在短期内欧洲的社会宪章没有真正发挥作用,没有创建社会平衡的话,那这些都将成为泡影。要是我们在文化领域没有打开欧洲对话的大门,那我们就会像现在这样,互不理解,各说各的。只提出要求是不够的。

至于文学方面,我们的谈话已涉及这点,我可以向人们指出流浪汉小说的欧洲历史。在所有的领域,从歌剧到绘画的流派,如法国与德国的野兽派以及表现主义都有许许多多的共同点,这些共同点的确可以为欧洲的文化对话增加养分,也可以在这方面起促进作用。只是我们必须要行动。我们必须坦诚。我之前所说的意思是,我们应该带着自己已经完成了的"家庭作业"到欧洲。我想,欧洲没有人有兴趣继续听我们德国人的抱怨与争执。

齐:在欧洲,一个民主文化的基础会带来什么好处呢?

格:我认为非常重要的是,作为欧洲人,我们必须更批判性地区分而不把这种态度看作是反美主义:我们要向美国接受什么,什么是低于我们的水准的。我很傲慢地说一下:这种肤浅的美国化只是助长了美国的许多恶习,在我们这儿导致了无节制的强迫消费的行为,在一切可能的领域置入广告,如把国家的责任转移给赞助商,这样就会再次出现新的依赖性。所有这些我们都必须拒绝,这些是我们不应该做的事。

比如,我不反对基金会,由此可以提供大量的资助,但我们却不能把对基金会的资助与条件挂钩。因为在德国,勤劳的老一代逐渐告别这个世界,他们会留下一笔可观的遗产,在其他欧洲国家也肯定如此。我们应该用相应的法律使我们能用这笔财产来为基金会提供资金上的帮助。

再次回到我刚才的问题:我们有很多源于启蒙的欧洲自己的传统,一些篇章必须继续写下去,一些篇章需要修改,如导致对理性神化的单纯的对理性的信仰,这是我们在包括新自由主义中感受到的。首先我们必须防止欧洲成为一个堡垒。但这也意味着,德国必须再次成为一个热情好客的国家,我在此只能再重复一次。因为我们只有在自己的家里做到这点,我们才有权要求欧洲这样做。假如我们躲进自己的堡垒中,那不久以后堡垒的思维方式就会占上风,现在这样的思维方式已经部分占主导了。这对民主是很不利的。

齐:有了这样的前提,未来的欧洲将会加强在意见、经验、文化政策、社会政治议题方面的交流,这样就会出现一种相互的、讨论式的"观察",我不愿用"监督"这个词。在这样一个欧洲讨论的舞台中,人们还有必要害怕这个"柏林共和国"吗?

格:"柏林共和国"是什么?

齐:它至少已经初露锋芒。它具有完全的主权,参与世界政治与全球军事行动,它正在发展自己的符号政治,它的政治议题坚决为技术现代化负责等等。

格:我拒绝这样一个"柏林共和国"。我反对这个称谓。我觉得这个称谓是错误的、会带来严重后果,也完全含混不清地与魏玛共和国相提并论。假如我们制定一部新宪法,这是众望所归,也是必要的,那我们或许可以想想,我们是否应该保留"联邦共和国"的名称,尽管许多理由表明我们应该这样做。另外一个选择是巩固联邦制,德国各州联合起来组成一个联盟。也有许多理由赞成这种选择。我想,比如一个德国各州的联盟比一个联邦共和国更容易融入欧洲。但这两种选择都是可以的,两者都可以不要"柏林共和国"。这是一个原则性的决定。因为"柏林共和国"一开始就意味着对联邦制的削弱,这是我们要提防的。

齐:至于欧洲文化舞台,您认为知识分子在道德上有参与的义务吗?还是说他们的义务是进行严格的监督、批评与反对?

格:您知道,我不喜欢代表这些艺术家或者这些知识分子来回答问题。在这方面,他们的需求、能力与天赋各不相同。有些伟大的艺术家与作家完全固定在他们自己的地方、固定在一个很小的圈子里,并从这儿来观察世界。而有些则永远在奔波,具有世界主义的气质。我们不能把这些作为评价他们作品质量的前提,只是秉性不同而已。

在欧洲对话中,我们应该相互激发对彼此的好奇心:哪儿不需要我们牵强制造就有交集,哪儿有我们想认识的陌生的东西?基于经济上的压力,在欧洲逐渐靠拢的时候,某些值得保存的、应该继续流传的小民族的文化可能会丢失,在这样的情况下,哪儿会存在危险?人们怎样才能调整并继续这次启蒙伟大的、欧洲真正共同的冒险?

我想,狄德罗、伏尔泰与德·阿莱姆伯特(d'Alembert)在德国要比利希腾贝格和莱辛在法国有名。法国人还有些东西需要补课,因为他们倾向于荣格和海德格尔。我不知道,这是否是我们所期望的看德国文化的角度,但是,我们当然必须接受这一点。因为法国人认为,理性是属于他们的,他们习惯对德国抱有一种思念般的幻象,这种幻象总有点与恐怖、浪漫、模糊与整个艺术品的光环等混杂在一起。这就导致了对那些不只在法国,也同样在德国出现过的思潮的忽视,如启蒙。

欧洲的文化民族总的来讲曾经比今天走得更近。我想,我们共同的欧洲历史会让我们在相互交往方面学到很多东西。比如在巴洛克时期,在当时的旅行条件下,人们是怎样在路上奔波,怎样在旅行中去扩展自己的知识的,尽管我们今天有发达的旅游业和乘喷气式飞机的富豪,我仍觉得现在的人们谈不上真正的灵活。我们虽然到处旅行,但却没有与人接触。以前,人们在寻找与人的接触与联系,并产生了可以证明的影响。海因里希·许茨在战争期间曾两次到意大利,先受到加布里尔,然后受到蒙特威尔蒂的影响,尽管他是大师,但却如此坦诚地面对这样的交流。这是欧洲的黄金时刻。

齐:我们现在在1998年进行谈话。联邦德国差不多已经成立了五十年了,您在这个国家的艺术与政治工作有四十年了。我现在的问题是,怎样确立一个坐标来评价这样一个时代、在这个空间发生的事?在这样一个具有历史意义的世界,有什么可能性能帮助我们确定方向呢？您的许多早期作品都是前瞻性的，而上部小说《辽阔的原野》，我想这样说，则是立足于过去考察现在的，它首先在德国的历史中寻找坐标。您能想象，在不久的将来，在您漫长的生命中（希望如此）再创作一部面向未来的作品吗？它试图为正具雏形的、将要出现的东西设计一种感知能力，它当然也应该让我们这个时代的人豁然开朗，它也应该关心在这个已经成为另外一种样子的德国和正在发生无法预计的变化的德国正逐渐发生的事。

格：我不知道。我目前正忙于一个项目，明年将以书的形式出版，它将概述这个即将过去的世纪，直至1999年。我在这部作品的前期工作中不得不把自己再次完全沉浸到威廉时代、第一次世界大战、魏玛共和国以及德国一切短暂的历史时期，之后是纳粹时期，尽管这一时期仅有十二年，但其带来的影响至今依然存在，继而是战后时期、两个德国的建立，两个德国的并存与对抗，现在我正在逐步接近现在，最近的这些年当然对下个世纪的发展趋势起着决定性的作用。之后会怎样发展，我就不知道了。我只知道，在这个恐怖而血腥的世纪，德国政治在这个世纪的前半叶灾难性地、决定性地参与了一战，至于"二战"则完全是由德国挑起，在这个世纪的下半叶，尽管我们不再起决定作用，但我们被分裂了，我们两个德国分别作为战胜国的反射器，不管是越战还是别的，我们都无法摆脱战胜国反射器的命运。我知道，这些历史总一直在追赶我们，直至现在。现在听起来有些理论化，但这部作品完全是一部叙述性的作品，我无法再谈更多别的，因为这部作品还在创作中。

齐：格拉斯先生，有理由对这个正在发展成为另一种样子的德国充满信心，甚至对它报以信任吗？

格：当然。我在我们的谈话中列举了德国人的一些成绩。如1945年后我们并没有像其他国家那样把一千二百万难民集中在难民营。您只要看看以色列在加沙地带犯了什么错误就知道了。双方都长期让巴勒斯坦人留在难民营,现在出现问题了。但在德国恰恰没有发生这样的事。如果我们把这样的豁达与大度也用到今天到我们这儿寻找工作与家乡的难民身上就好了,我们还必须学习这种豁达与大度。我们肯定不能接收所有的难民,但我们必须让他们理解,他们在我们这儿找不到位置了。野蛮的遣返以及外国人一开始就出现的犯罪现象都是由于政府的失责造成的,这些让我们如此丑陋、如此的不友好。其实我们并不是这样的。我们过去常常证明了我们的好客精神,并为此受到称赞,从根本上讲,我们是一个好客的民族。

至于德国人在其他方面作出的成绩,如在科学、哲学以及教育领域,这些都是我们可以随时再次振兴与推动的,只是我们必须分清轻重缓急。我们不可以购买欧洲战斗机,而必须把资金投入高校建设中。我们必须首先走出极端:一方面我们把威廉时代"我们德国人是地球上的盐"发展到极端;另一方面我们又让自己很渺小,就像老鼠一样,仿佛我们什么都不是。这是一种很危险的变化交替,从一个极端走到另一个极端。因为我们是一个年轻的民族,就算我们没有意识到这点,现在也是我们长大的时候了,我们在欧洲的成长也是如此。但在这种继续存在的崇拜青年的状态下是否可能,我就不得而知了。